BBULMEDIA

http://www.bbulmedia.com

劍聖戰
검성전

劍聖戰
검 성 전

환유 신무협 장편 소설

명왕(冥王)

목차

1.
협유곡으로

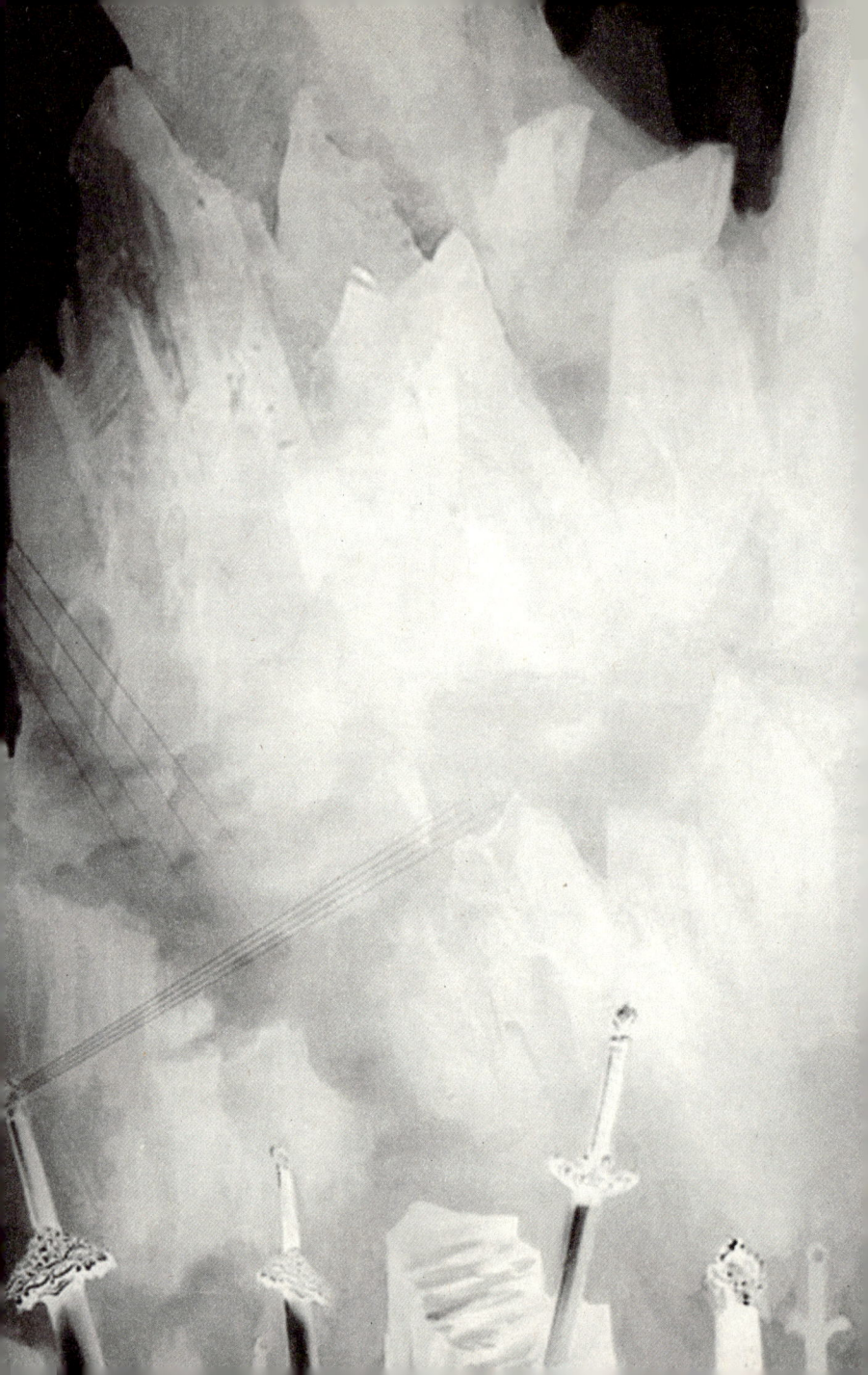

"태오 님."

진영화라고 자기를 밝힌 여자는 나를 뚫어져라 쳐다보았다. 그러고는 자기 손에 들려 있는 막대기를 눈앞의 대호(大虎)에게로 겨누며 말했다.

"저 호랑이를 저 혼자서 때려잡아야 하는 건가요?"

"당연하지."

나는 퉁명스럽게 대답했다.

"호랑이 하나 처치하지 못해서야 어떻게 앞으로 도망다닐 수 있겠어?"

크헝!

내 말이 끝나자 화답하듯 호랑이가 털을 곤추세우며 으르렁거렸다. 웬만한 장정의 간담조차 서늘해질 정도로 강렬한 진동이 퍼져 나왔다. 하지만 진영화는 끝까지 침착한 표정으로 호랑이를 마주 보고 있었다.

'심력이 강해.'

그도 그럴 것이, 그녀는 지난 며칠 동안에 나에게서 내공심법과 무공을 상당히 전수받았고, 그 와중에는 부동심결(不動心決)도 포함되어 있었다. 원래부터 드센 성격인 덕에 내공을 자신의 것으로 소화하는 속도도 빨랐다.

진영화의 좌수 손목이 한 바퀴 회전했다. 그리고 회전하는 원을 따라서 검이 자연스럽게 검로(劍路)를 찾으며 호랑이에게로 쏟아져 나갔다. 검극이 노리는 끝에는 정확히 대호의 미간이 자리하고 있어서, 그녀가 일격에 호랑이를 절명(絕命)시키고 싶어 한다는 사실을 알 수 있었다.

파밧!

하지만 대호는 그 짧은 순간에 재빨리 뒤로 물러나서 피했다. 진영화의 검이 아직 무림인이라고 보기에는 어설플 뿐만 아니라 야생동물 특유의 감각은 웬만한 일류고수를 상회했다. 사실 몸 크기가 구 척에 이르는 대호를 잡으려면 일류 고수도 중상을 각오해야 정상인 것이다.

아니나 다를까, 대호는 기민한 동작으로 상체의 근육을 웅크리더니 옆으로 도약했다. 진영화는 대호의 움직임을 놓친 듯 당황한 표정으로 몸을 옮겼다. 상대의 공격을 얌전히 맞을 수 없으니 내가 전수한 보법 중에서 비활보(飛滑步)를 운용해야 하는 것이다.

쩌엉!

마치 얼음이 깨지는 듯한 소리와 함께 진영화의 칼날이 호랑이의 발톱을 막아 내었다. 그러나 무공을 익혔다고는 하지만 아직 걸음마 수준인 진영화가 산왕(山王)의 앞발 공격을 감당할 리가 없었다. 진영화의 검은 반탄력 때문에 튕겨져 나가고, 그녀는 크게 휘청거렸다.

나는 약간 입맛이 썼다.

"쳇!"

지켜보고만 있다가는 진영화가 대호의 발톱에 갈가리 찢길 상황인지라 나는 어쩔 수 없이 몸을 움직여서 대호의 앞발을 화경(化經)으로 흘려내었다. 그리고 무게중심을 잃은 육식동물의 동체를 뒤집어서 하늘 멀리로 내던져 버렸다.

부웅.

붕, 하고 구 척이나 되는 몸뚱이가 날아가는 모습은 비현실적이었다. 하지만 호랑이가 가공할 반사 신경을 지니고 있다는 말은 사실인지, 이윽고 하늘에서 한 바퀴 공중 제비를 돌더니 사뿐히 땅에 착지했다. 다만, 기가 꺾인 모양인지 바로 공격해 올 기색은 아니었다.

나는 손을 내밀어서 진영화를 일으켜 줬다.

"역시 무공을 배운 지 십 주야(十晝夜) 만에 호랑이를 이기기는 무리군. 늑대라면 혼자서도 잡겠는데."

"뭐, 뭐, 뭐예요?"

진영화가 갑자기 울먹거렸다. 그녀는 뭐가 서러운지 손을 눈가에 대고 훌쩍거렸다.

"태어나서 본 동물은 개랑 고양이가 전부란 말예요……. 갑자기 웬 호랑이예요……. 흑…….",

"……하아."

나는 한숨을 약간 내쉬었다.

"세상에는 호랑이보다 센 놈이 너무 많아서 이러는 거라고."

콰아앙!

내가 다음 순간 손을 휘두르자 격공장(隔空掌)이 튀어 나가서 삼 장 밖의 흙을 때렸다. 사방으로 모래와 자갈이 비산하더니 마치 폭탄이 터진 것 같은 참상이 일어났다. 대호는 뜬금없는 위협 공격에 당황했는지 찔끔거리더니 뒤로 물러나 버렸다. 호랑이의 모습이 숲의 나무에 가려서 보이지 않게 되자 나는 말을 이었다.

"무공 같은 거 그냥 척하면 착, 배우는 거 아냐? 만날 세 시진씩 수련시켜 주니까 빨리 좀 익혀 보라고."

"빨리…… 라고 해도……."

진영화가 황망한 표정을 지었다.

"지금만 해도 예전보다 엄청 건강해졌어요. 소협…… 무림에서는 제 몫을 하려면 적어도 이 년의 수련 기간이 필요하다고 해요."

"아, 난 몰라."

나는 고개를 절레절레 저었다.

"협유곡에 간 다음부터 내가 당신을 호위해 줄 수 있을지 아닐지는 모르는 일이야. 현상금 사냥꾼들은 떼로 몰려다니고, 일류 고수들은 추종술에 능한데 혼자서 살아남을 수 있겠어?"

"소협의 뜻은 알겠어요. 하지만……."

진영화가 우물쭈물하다가 말을 이었다.

"소협이 원하는 속도는 한 달 내에 무림 후기지수 급이 되는 것이니, 본녀(本女)의 재질로 어찌 따라잡을 수 있을까요."

"……."

답이 나오지 않는 문제였다. 나는 팔짱을 끼고 나뭇등

걸에 기대서 고민했다.

현재의 내 무공은 태천맹 최고의 고수인 천룡육신군(天龍六神君)과 대등한 수위로, 충분히 천하에서 스무 손가락에 꼽힐 수준이라고 할 수 있었다. 황도 낙양을 빠져나온 후에도 갈수록 무공에 대한 안목과 이해가 빨라져서, 그 짧은 사이에 내 무공이 다시 한두 단계 증진해 버린 것이다. 그래서인지 나는 무공이 '매우 쉽다'는 생각을 견지하고 있었다.

문제는 그거였다. 나만 무공이 비정상적으로 늘어나는 것일 뿐, 보통 사람은 내 성장 속도의 반의반도 따라오질 못했다. 사실 눈앞의 진영화가 무공을 습득하는 속도도 기재(奇才)라고 불릴 정도였다. 비활보와 천풍장의 기본 초식을 열흘 만에 외우고 응용하는 일은 보통 재능으로는 할 수 없을 것이다. 그런 진영화조차도 내가 보기에는 굼벵이나 개미 같은 속도로밖에 보이지 않았다.

나는 비정상이다. 하지만 천재가 아니다. 나를 고민하게 하는 이유였다.

나를 보고 평가하는 사람들마다 내가 천인일재(千人一才)가 아니라고 했다. 그렇다고 해서 만인일귀(萬人一鬼)도 아닌 것 같았다. 그렇다면 도대체 내가 말도 안 되는 속도로 성장하는 건 무엇 때문인 걸까?

"자요."

내가 혼자서 잔뜩 고민하고 있을 때, 진영화가 웬 밤을 까서 건네주었다. 얼떨결에 받아 들자 그녀가 살포시 웃었다.

"협유곡에 간 다음에는 걱정하지 않으셔도 돼요. 협유곡주(俠儒谷主)는 뛰어난 무공을 지니고 있으니 이후 일은 본녀 혼자서 할 수 있습니다."

"협유곡주라……."

나는 풀썩 주저앉아서 밤알을 오도독 씹었다.

"무림에서 유명한 사람은 아닌 거 같은데? 사례 지방으로 오면서 개방 거지들을 몇 놈 잡아서 물어봤는데, 다들 모른다고 했어."

"우리가 협유곡으로 간다는 사실을 누설하신 건가요?"

"누설까지야……. 거지들한테 금제(禁制)를 걸었으니 별로 상관없어."

순간, 진영화의 표정이 기묘하게 변했다. 그녀에게는 내 이름 이외에는 아무것도 알려 주지 않아서, 그녀는 나를 아군으로 여기면서도 두려워하는 기색이 있었다. 나는 아무렇지도 않다는 듯 어깨를 으쓱했다.

"금쇄팔문법(禁鎖八門法)이라는 특수한 점혈법(點穴法)이지. 금쇄팔문법에 걸리면 신체의 팔문(八門) 중에

세 개가 봉쇄되는데, 그 음양의 조화를 정기적으로 맞추지 않으면 몸이 뒤틀어져서 뼈와 살이 분리된다."

"무공에는 그, 그런 수법도 있나요? 대단하군요……."

"……내 건 아니지만."

나는 검성지륜의 만승천검결(萬乘千劍決)에서 읽어 낸 수법이란 사실을 굳이 말하진 않았다. 검성지륜에 대해 설명하다 보면 이것저것 말할 게 많기 때문에, 공연히 상호 불신을 부추기느니 침묵이 금이라고 생각한 것이다.

"아무튼 나한테 잡혔던 거지 녀석들은 나를 거역하거나 그럴 마음을 먹으면 즉시 금제가 발동해. 그게 아니라도 내가 아니면 살 수 없는 몸이 된 셈이니, 쓸 만한 정보원이 생긴 거야."

"어쩐지 야한 말이군요."

"네 귀에 음란마귀가 씌었을 뿐이야."

"우후후."

진영화는 입을 가리고 웃었다. 예화와는 다르게 상당히 얌전하게 있으려고 노력하는 듯한데, 본래 성격이 억세 보였다. 아마 평소에 성질머리 때문에 한 소리 듣고 살았을 것 같지만, 굳이 말하진 않았다. 나는 대호가 사라진 자리를 힐끔 쳐다보다가 말했다.

"이 석부상(石簿商)의 길을 계속 따라가다 보면 사흘

내에 협유곡에 도착할 거야. 그전까지는 잠잘 시간을 아끼도록 하자."

"비활보와 천풍장을 연습하면 되나요?"

"그건 일류 무공들이니까 당신 노력에 따라서 절정고수가 될 수도 있어. 나중에도 꾸준히 연습해야지."

"흐음."

진영화가 눈을 말똥하니 뜨고 나를 직시했다. 현재는 가슴에 붕대를 감고 문사(文士)로 변장해 있지만, 기본적으로 이목구비가 워낙 수려하고 매혹적이라서 선홍색 염기(艶氣)가 흐르는 듯했다. 그녀가 얼굴에 약간의 홍조를 띠며 물었다.

"태오 소협은 어째서 나를 이렇게까지 도와주시는 건가요? 소협이 아니었으면 저는 낙양 외성문에서 붙잡혔을 거예요."

"도와달랬잖아?"

진영화가 미심쩍다는 표정을 지었다.

"그게 전부인가요?"

"뭐가 더 필요한데."

그녀는 내 어색한 반문에 또박또박 대답했다.

"탈출을 도와주고, 무공을 대가 없이 전해 주는 건 있을 수 없는 일 같아요. 태오 소협이 원하시는 게 있다면 본녀는 무슨 수를 써서라도 이 은혜를 갚겠어요."

"허참."

멈칫

나는 걸어가다 말고 그 자리에 우뚝 멈춰 섰다. 왠지 진영화와 얘기하고 있으면 대화가 겉도는 듯한 느낌이 들었다. 나는 약간 신경질을 부리며 그녀를 쳐다보았다.

"그런 식으로 생각하지 마. 사람이 돕고 싶을 때는 그냥 이유가 없을 수도 있는 거지. 은혜니 뭐니, 그렇게 일일이 따지고 들면 쓸데없이 머리만 피곤한 거 아냐?"

"태오 소협은 무림인이 아닌가요? 은원(恩怨)에 목숨을 걸 수 있는 게 무림인이라고 들었어요."

"은원이라……."

그 단어를 듣는 순간, 내 머릿속에 알타리의 모습이 스쳐 지나갔다.

한 달도 채 되지 않은 일이지만 알타리가 피 묻은 검을 들고 서글프게 웃던 모습이 아직도 눈가에 맺혔다. 방황하던 내 마음을 잡아 주던 사람이 갑작스레 복수 하나 때문에 모든 걸 내팽개치다니, 지금도 믿을 수가 없는 일이었다. 나는 애써 알타리 생각을 떨쳐 버리며 말했다.

"협유곡은 어떤 곳이지?"

"음……."

진영화는 고개를 갸우뚱하다가 말했다.

"잘 모르겠어요."

"뭐?"

"전 어릴 때 한 번 협유곡에 갔을 뿐이에요. 그리고 그
곳은 운무(雲霧)가 너무 자욱해서 한 걸음 앞도 분간하기
힘들었죠. 기억나는 거라곤 협유곡주가 마치 탑(塔) 같은
곳에 살고 있었다는 것뿐이에요."

"탑이라……."

나는 협유곡주가 기인(奇人)이라고 생각했다. 누각이
나 전대에서 사는 부자는 많지만, 운무가 가득한 계곡에
서까지 탑을 지어서 생활하는 사람은 없다. 잔도(殘道)가
많은 계곡인데다 운무가 많다면 탑에서 생활하는 건 불편
하기만 한 자살행위였기 때문이다. 나는 호기심이 솟아나
는 걸 느꼈다.

"어디 가 보자고."

콰쾅!

다음 순간, 내 삼 장 뒤에서 폭발음이 울렸다. 나는 힐
끔 뒤편을 돌아보며 마저 중얼거렸다.

"이 멍청이들을 좀 처리하고."

쐐애액!

사슬낫이 뻗어 왔다. 상군이 쓰던 기술과 비교하면 한

심하기 짝이 없을 정도로 느리고 변화도 적었다. 이 정도 실력이면 강호에선 잘해 봐야 일류 수준일까. 확실한 것은 결코 이름을 알릴 만한 놈이 아니란 것이었다. 문제가 있다면 약 오십여 명 정도가 이 구릉에 모여서 포위망을 형성하고 있다는 사실이다.

내 몸이 마치 고무줄 같은 잔영을 남기고 전방으로 뻗어 나갔다. 이상하게도 내게는 제삼의 눈이 생겨난 것처럼, 내 움직임을 타인의 눈으로 관찰하는 것처럼 살피는 게 가능했다. 만일에 유극문에서 오래 수업했다면 이런 경지를 뭐라고 부르는지 알 수 있었겠지만, 지금으로서는 그저 편리한 수단으로 사용할 뿐이었다.

"크아악!"

양손을 수도(手刀)의 형태로 바꾸어서 두세 번 휘두르자, 바위와 나무 곁에 숨어 있던 놈들이 피를 뿌리며 나가떨어졌다. 예상대로 현상범 사냥꾼들인 듯 무공은 변변 찮았다. 진영화는 당황하며 외쳤다.

"소협! 저는 어쩌죠?"

"그냥 그 자리에 있어! 일각 내에 다 정리할 테니까!"

내 외침에 적들이 반발했는데, 일제히 나 대신에 진영화에게로 달려들었다. 진영화는 침착하게 손에 들려 있던 장검을 휘두르며 표창이나 화살을 쳐 냈는데, 아직은 실력이 부족해서 곧 상처가 생길 것 같았다.

"흥!"

하지만 시간이 멈추는 듯한 감각과 함께, 나는 앞으로 뛰어나갔을 때보다 더욱 빠르게 뒤로 날아갔다. 이해할 수 없는 각도로 내 몸이 공중에서 휘어지듯이 낭창낭창하게 구릉 위를 날아갔다. 습격자들은 내가 다가온 걸 눈치챈 순간에 이미 수도로 목 뒤를 맞아서 기절하고 있었다.

퍼퍼퍽!

눈 한 번 깜박할 순간이었다. 단지 그 순간이었지만 내 공격은 반경 육 장 내에 있던 열아홉 명의 적을 일격으로 깔끔하게 기절시켰다. 진영화는 내 움직임을 눈으로 좇지 못했지만 신법의 잔향을 읽고는 놀랐는지 그 자리에 멈춰서 있었다. 내가 곧 자리에 내려앉자 진영화는 약간 홍조가 깃든 얼굴로 외쳤다.

"괴, 굉장해요! 그건 무슨 무공이죠?"

"소영보랑 아라한신권, 광혈인을 같이 썼어."

"네?! 전혀 다른 무공 같아요!!"

콰앙!

나는 설명할 시간도 없이 재차 뛰어나가서 십여 명을 순식간에 박살 냈다. 급하다기보다는 적들이 허점이 너무 많아서 재빨리 처치하고 싶었기 때문이다. 허공에 잠깐

뜬 상태로 재차 권기(拳氣)를 사방으로 내뿜으며 진영화에게 외쳤다.

"무슨 소리야? 이건 당신도 봤듯이 다 원래 초식에 있던 거야!"

"정말이에요? 허깨비나 유령처럼……."

파앗!

나는 그 순간 보지도 않고 진영화를 노리는 화살이 있다는 걸 알아채고 직전에 이동해서 그녀의 뒤에서 화살을 두 손가락으로 잡아내었다. 진영화는 잠시 후에 반응하고 얼떨떨하게 말을 이었다.

"……보인다구요."

"아, 그렇군. 그래서 소영보(消影步)인가?"

나는 고개를 끄덕이며 납득했다. 유극문에서 전수받은 보법이자 내가 제일 즐겨 쓰는 신법인 소영보. 비록 아라한신권에 포함된 보법이나 기타 등등 무공을 많이 사용하고 있지만, 그래도 소영보는 내 몸에 붙어 있다고 해도 과언이 아니었다. 진영화의 말을 듣고서야 나는 한 가지 사실을 깨달을 수 있었다.

―나는 소영보의 십성(十成) 경지에 도달했다!

아마 소영보의 달인이 쓰는 신법이 지금의 나와 비슷할 것이다. 그리고 소영보의 수준이 높은 만큼 상대적으로 낮은 다른 무공의 효과를 극대화시킬 수 있는 것이다. 보법이 달라지면 당연히 무공의 위력은 증가하는데, 모든 힘은 하체의 균형과 중심에서 나오기 때문이었다.

속으로 헛웃음이 나왔다. 신법이란 결코 하루아침에 대성할 수 없는 종류의 무공이라고 하는데, 나는 마치 숨 쉬는 것처럼 극의(極意)를 성취해 버렸기 때문이다. 아마도 현상범 사냥꾼이나 추격자들과 쉴 새 없이 싸워온 결과, 내 안에 있던 잠재력이 한층 개화된 것이리라.

정확히 반 각 후, 나는 적을 모조리 쓰러뜨리고는 손을 털었다.

"갈수록 질이 떨어지는군. 진짜 식후 운동거리도 안 되잖아."

"아니에요……."

진영화는 질린 얼굴로 습격자들 중 한 중년 검객의 허리춤에 있던 검집을 집어 들었다. 방금 전에 내가 명치를 손가락으로 때리니까 바로 기절해 버린 사람이었다.

"이건 화산파(華山派)의 일대제자라는 표식인 매화문(梅花紋)이에요. 이들 중에 절반 이상은 구파일방의 인물들이에요."

"엉?"

그랬나? 나는 무심결에 멍청하게 반문했다.

"아, 그, 그랬어? 난 그냥 현상금 사냥꾼들인 줄 알았지."

"싸우면서 몰랐단 말인가요."

진영화는 아연실색한 표정이었다. 나는 진영화의 물음에 머리를 긁적였다.

"이 녀석들 전부 등 뒤에서 수도로 일격에 끝냈단 말이야. 무공 같은 거 볼 새도 없었지."

"……."

놀릴 생각도 아니었는데 표정이 이상하게 변하니까 괜히 미안했다.

"아무튼 가자구. 멍청이들이랑 상대하면 피곤해."

"소협은…… 너무 강하군요."

진영화가 중얼거리는 목소리에는 약간의 불안감이 감돌고 있었다. 진영화의 말에 나는 힐끗 돌아보았다. 이상하게 마음에 걸리는 말이었다.

"왜 그래?"

"협유곡주는 제가 기억하기로 성격이 나쁘고 괴팍한 사람이에요. 소협께서 참아 주셨으면 좋겠다는 생각이 들어요."

성격 이상한 사람은 굉장히 많이 보아 온 것 같다. 괴인 한두 명 추가된다고 달라질 게 없다는 생각이 들어서 나는 피식 웃고 말았다.

"응? 참고 말고가 어딨어. 나는 당신을 거기 데려다 주면 그냥 갈 거라니까."

"……."

"뭔가 숨기는 게 있으면 당장 말해 줘. 알아야 주의를 하든가 고치든가 할 거 아냐."

진영화가 망설이다가 입을 열었다.

"협유곡주는 살인귀(殺人鬼)예요. 십 주야에 사람을 한 명씩 죽이는 취미가 있다구요."

"……."

응? 뭣이라?

내가 그 말을 정상적으로 알아듣는 데는 한참이나 시간이 걸렸다.

* * *

"태오가 지금쯤 협유곡에 갔을 거라고 생각하는가?"

태오의 스승, 유극문의 성구몽 장로는 근심 어린 표정으로 태월하 장로에게 말을 건넸다. 유극문의 장로 태월하는 평소처럼 거대한 방갓을 기울이며 낚싯대를 잡고 있었다. 한 손에는 흰 붕대를 감고 있었는데, 핏자국이 있어서 부상을 당했다는 사실을 알 수 있었다. 태월하는 무심하게 중얼거렸다.

"형님, 제 생각이지만…… 안 갔을 거라고 생각합니다."

"왜?"

"협유곡 앞에 가면 웬만한 사람은 기가 질려서 발걸음을 돌리니까요."

"태오는 웬만한 놈이 아니잖나."

"그렇긴 합니다만."

태월하 장로는 낚시찌에 별 반응이 없다는 사실에 실망하고 있었다. 아침부터 계속 낚싯대를 드리우고 있었는데 고기가 한 마리도 잡히지 않았다. 아마도 태월하의 마음이 흐트러져서 낚싯대 너머로 살기(殺氣)가 새어 나가고 있기 때문이리라.

"사실 전 태오가 중상을 입었다는 게 상상이 되지 않습니다."

"이 사람아, 지금은 보통 사태가 아니야."

성구몽 장로가 땅이 꺼져라 한숨을 쉬었다.

"후우, 황제가 죽었다네, 황제가 죽었어. 그것도 마인

(魔人)들의 손에. 도대체 수도에서 무슨 일이 있었는지 감도 잡히지 않는단 말일세."

"……."

태월하는 눈을 게슴츠레하게 떴다.

황제 시해!

그 대사건이 벌어진 지 정확하게 삼 주야가 지났다. 그 시간 동안에 소식은 중원 방방곡곡으로 전해져서, 남해 촌동네의 아이도 알 정도가 되었다. 당연히 황궁과 궁정 전체가 발칵 뒤집혔고, 천하에 불온한 기운이 감돌았다. 당장에라도 각지의 지방 군벌들이 군웅할거를 벌일 거라는 불안감에 휩싸였다.

범인은 의문의 무림인(武林人) 삼 인조라고 했다. 그들의 출신과 무공은 정확히 밝혀지지 않았지만, 아마도 소광검마(小狂劍魔) 태오(太烏)가 태천맹을 뒤집으며 날뛰는 동안에 천궁(天宮)에 침입한 걸로 추측되었다.

비난의 대상이 된 것은 금의위와 동창이었으며, 궁정의 대소 중신들은 금의위와 동창 수령의 목을 베어야 한다고 외쳤다.

하지만 이상할 정도로 그 이외에는 아무것도 알려지지 않았다. 무림인들은 그 사실을 매우 불안하게 여겼다. 원래 금의위와 동창은 태천맹에 견줄 수 있는 거의 유일한 무력 단체로 꼽히고 있었는데, 하루아침에 해산될 리가 없다. 혹시 황제 시해의 배후에 그들이 있는 게 아니냐는 음모론도 감돌고 있었다.

잠시 침묵하던 태월하 장로가 입을 열었다.

"아마 천마공(天魔公)이나 무황령(無皇靈), 둘 중 하나는 움직였을 겁니다. 제 생각이지만, 황제의 죽음은 그들의 뜻이라고 생각합니다."

"……!!"

"형님도 짐작하고 계시지 않습니까? 천하에 이런 일을 도모할 수 있는 건 검성가(劍聖家)를 제외하고는 그자들밖에 없습니다."

"신룡전 총관도 가능하다."

성구몽 장로가 반박하자 태월하가 고개를 저었다.

"그는 애초부터 인외(人外)의 마신(魔神). 인간사에는 관심이 없잖습니까."

"그렇지……."

"정말 솔직한 생각을 말씀드리자면……."

태월하 장로는 눈을 질끈 감았다.

"태오가 살아 있다는 보장은 없습니다. 태천맹의 천룡육신군 정도면 태오의 힘으로 감당이 될지도 모르지만, 천마공이나 무황령과 관계되었다면…… 도저히."

"크, 젠장!"

쿠웅!

성구몽 장로가 성을 이기지 못하고 옆으로 정권을 내뻗었다. 겨우 그것뿐이었지만 삽시간에 반경 육 장에 있던 모든 나무와 돌부리가 땅거죽을 뒤집으며 뽑혀 나갔다. 무심결에 공력을 일으킨 것만으로 지형을 변형시킬 정도의 경지에 이른 것이다.

콰두두두두.

한참 후까지도 땅이 흔들리며 광풍이 몰아쳤다. 태월하 장로는 그 광경을 보며 속으로 침음성을 흘렸다.

'신룡전의 제약 때문에 삼절(三絶)의 금제(禁制)에 걸려 있는데도 이 정도라니…… 형님이 본 무공을 찾으면 정말로 별호대로의 힘을 휘두르실 수 있겠구나.'

신룡전의 금제!

그것은 전성기에 명왕(冥王)이라는 이름으로 강호에서 날뛰던 성구몽에게 크나큰 활동의 제약을 안겨 주었다. 사실상 제자 금지, 혈연 금지, 신룡전 언급 금지는 그저 약속에 불과했다. 하지만 함께 안겨진 삼절금제(三絶禁制)는 말 그대로 신룡전의 위력을 보여 주는 것이었다.

공력(功力) 반감(半減)!

최고 절기(最高絶技) 기혈 봉쇄(氣穴封碎)!

음월팔괘(陰月八卦)!

세 개나 되는 금제는 신룡전 총관의 손으로 직접 펼쳐진 것이었다. 사실 난다 긴다 하는 신룡전의 마인들 중에서도 이절(二絶) 이상 되는 금제를 받은 경우는 손에 꼽을 정도였다. 하물며 삼절금제는 성구몽 장로 이외에는 누구도 받은 적이 없었다.

하지만 신룡전 총관은 이 정도는 되어야 명왕(冥王)을 세상에 내보내 줄 수 있다고 했다. 성구몽 장로 자신도 그 사실을 납득했다. 전성기 역량의 삼 할도 발휘할 수 없을 텐데도 아직까지도 강호의 최절정고수 수준에 남아 있다는 사실이 놀라웠다.

성구몽 장로의 입에서 노성(奴聲)이 흘러나왔다.

"만일…… 천룡육신군 쥐새끼들이 그 녀석을 죽였다면…… 결코 용서치 않을 것이다. 일장이면 때려죽일 수 있는 쥐새끼들 따위가 감히!!"

"관두십시오."

태월하는 차갑다 싶을 정도로 냉정하게 말을 끊었다.

"형님이 명왕(冥王)이라면 충분히 가능한 일이겠지만, 지금은 놈들과 이 대 일로 붙는 정도밖에 안 됩니다. 유극문의 처지도 곤란한 지금 상황에서 태천맹에 도발을 거는 건 자살행위라구요."

"도와주지 않을 거냐?"

또박.

그 순간, 신발 소리가 울렸다. 장로전의 어두운 복도에서 조용히 모습을 드러낸 것은 요염한 외모의 여인이었고, 유극문에서는 채은 장로라 불리고 있었다. 물론 그녀의 진실된 정체는 현 북해빙궁주인 천빙마녀의 사매(師妹)였다.

"저희 의형제는 어디든 따라가요. 오라버니께서 하는 결정이 모두 옳다고 믿기 때문입니다."

"고맙다, 채은아."

"당황하지 마세요. 시간은 우리 편이니까요."

채은 장로는 다가와서 털썩 나뭇등걸에 앉았다. 그녀는 대자연에 벌어진 참상에도 아랑곳하지 않고 느긋하고 우아하게 지내기로 작정한 듯했다. 물끄러미 채은을 바라보던 성구몽 장로가 반문했다.

"시간이 우리 편이라니?"

"오라버니, 좀 더 냉정하게 생각해 보세요. 신룡전 총관이 태오에게 직접 호살 멸겁윤회를 전수해 줬다는 게 무슨 뜻이라고 생각하시나요?"

"……."

성구몽 장로는 입을 다물었다. 채은 장로가 새삼 일깨워 줘서가 아니었다. 이제야 태오 걱정 때문에 일어난 흥분이 가라앉았기 때문이다.

"적어도 황제 시해가 신룡전의 영향으로 일어난 사건이라면 태오는 결코 죽지 않는다는 뜻이에요. 총관의 체면이 걸려 있는 셈이니까요."

"그렇다는 보장은 어디에도 없다."

"어머, 그런가요? 총관은 세상사에 초탈한 인물이지만, 마음에 든 사람은 결코 건드리지 않아요. 오라버니께서도 그중 한 명 아니던가요?"

채은 장로는 훗, 하고 웃으며 자신의 섭선을 펼쳤다.

"신룡전에서 정말로 선계(仙界)를 탈출하는 데 성공한건 오라버니밖에 없어요. 총관은 틀림없이 그때 오라버니를 인정한 거겠죠."

"쓸데없는 과거의 일은 들춰내지 마라."

성구몽 장로는 힘없이 고개를 저었다. 따지고 보면 성구몽 장로를 포함한 세 사람의 장로는 유일하게 자력으로 신룡전의 연옥을 탈출한 자들이었다. 비록 총관에게 추격당하긴 했지만, 제약을 건다는 조건하에 일반 무림계에서 살아가는 게 허락된 것이다. 성구몽 장로 본인은 인정하기 싫어했지만 총관은 그를 꽤 마음에 들어 하고 있었다.

채은 장로가 한숨을 쉬었다.

"후우, 정말로 걱정이 되는 건 태오보다 태천맹이에요. 알타리가 그렇게 허무하게 죽을 줄이야……."

"문주가 직접 목을 쳤다더군."

"어쩔 수 없는 일이죠. 본인이 저지른 일은 책임을 져야 하지 않겠어요?"

채은 장로의 말에 두 장로는 반응하지 않았다. 사실 그들도 알타리의 재능을 매우 아끼고 있었고, 그가 남궁가 출신이라는 사실도 어렴풋이 알고 있었다. 그러나 혁련세가를 멸망시킨 일은 도저히 애정으로는 덮을 수 없을 정도로 거대한 참사였다. 도리어 알타리의 죽음만으로 신룡전 총관의 힘을 빌어 무마할 수 있는 게 다행이라고 할 수 있었다.

태월하 장로가 신경질적으로 중얼거렸다.

"혁련세가…… 마음에 안 드는 놈들이긴 했지. 알타리한테 쓸려 나갈 정도면 볼 장 다 본 거야."

"알타리를 얕보지 마세요. 그 녀석은 그 나이에 이미 어검술(御劍術)을 사용할 수 있었다구요."

벌떡.

채은 장로의 말에 성구몽 장로는 눈을 흘겨 떴고, 태월하 장로는 자리에서 일어섰다. 성구몽 장로의 눈빛은 굳이 그걸 왜 말하느냐는 책망의 뜻이었다. 태월하 장로는 곤혹스러운 어투로 말했다.

"뭐라? 어검술? 전혀 그런 기색은 보이지 않았는데……."

"사실이에요. 저한테도 숨기려고 했던 것 같지만, 대흥산(大興山)의 산적 이백오십 명을 쓸어버릴 때 흔적을 남겼더군요. 일수(一手)에 천공을 격하고 수십 개의 검흔을 남길 수 있는 무공은 그리 흔치 않아요."

채은 장로는 우연히 알타리의 산적 토벌을 지원해 주러 간 적이 있었다. 그 때문에 그녀만이 유극문에서 유일하게 알타리의 무위를 알 수 있었고, 성구몽 장로는 채은 장로에게서 전해 들어서 알 수 있던 사실이다.

"……."

잠시 침묵하던 태월하는 씹어뱉듯이 말했다. 그는 알타리에게 속았다는 생각에 짜증이 나는 듯했다.

"흥, 병신 같은 놈. 혁련세가 따위 무시하고 십 년만 검술 수련에 정진했다면 남궁세가의 부흥도 꿈이 아니었을 텐데…… 멍청한 자식."

"안타깝죠. 젊은이의 혈기란 언제나 그런 거예요."

채은 장로는 한숨을 쉬었다. 어검술의 경지에 이르러 있었다면 알타리는 유극문 장로를 상대로도 최소한 오백

초 이상을 버틸 수 있는 실력이라는 뜻이었다. 가히 강호 후기지수 중에서도 최상급이라고 볼 수 있는 것이다. 사소한 복수에 매여서 결국 목숨을 잃었으니 그들 입장에선 안타까운 일이었다.

성구몽 장로가 무덤덤하게 말했다.

"우리 모두 자신의 선택에 따라 살아가고 있다. 알타리도 그건 각오했을 터. 지금 중요한 건 남은 사람들의 앞날이다."

"그렇죠."

"채은, 네 제자는 쓸 만하게 되어 가고 있느냐?"

채은 장로는 씁쓸하게 웃었다.

'아직 그 애를 이름으로 부르지 않는구나.'

채은 장로가 새롭게 받아들인 제자, 낙무(酪務). 유극문 평제자로 약 이 년간 수련하며, 평제자 중에서는 설앵(雪鶯)과 함께 발군의 성취를 보여 주는 자였다. 물론 그렇다 해도 유극문 사검사(四劍士)에는 크게 미치지 못해서 장로들의 관심 밖에 있었다. 그렇지만 이번에 태오가 갑작스럽게 유극문을 떠나는 일 때문에 거래를 하면서 채은 장로의 제자가 된 것이다.

채은 장로는 생각을 정리하다가 말했다.

"낙무는 제법 괜찮은 재능을 가지고 있어요. 육체적인

조건도 탄탄하게 갖춰져 있고, 무엇보다도 근성(根性)이 뛰어나요. 천인일재는 아니지만 만인일귀(萬人一鬼)의 길을 충분히 걸을 수 있다고 보여지네요."

"하나만을 연마해서 달인(達人)을 뛰어넘는 수라(修羅)의 길…… 그 적성이 있다는 말이냐?"

"네."

채은 장로가 고개를 끄덕였다.

"천빙연화수(天氷蓮花水)를 하루에 두 모금씩 들이켜고 지옥의 고통을 참는 과정을 신음 소리 한 번 내지 않고 견디고 있어요. 보통 독종(毒種)이 아니에요."

천빙연화수를 먹을 때 찾아오는 고통은 생살을 갈고리로 찢고 소금을 뿌리는 수준을 뛰어넘었다. 천빙결을 연마하다가 고통 때문에 미치거나 죽는 사람의 비율도 만만치 않았다. 천하제일의 빙공(氷功)은 그리 쉽게 연마할 수 있는 게 아니었다.

"흠, 괜찮겠군."

성구몽 장로가 천천히 고개를 끄덕였다. 상식 밖의 괴물인 태오와 비교할 수는 없다. 하지만 어쨌든 제자를 받아들이기로 한 이상 제대로 해 줘야만 했다. 신룡전의 금제를 이미 깨 버린 이상, 한 번이든 두 번이든 마찬가지. 이미 신룡전의 마인들과 겨룰 각오를 굳힌 상태였다.

"태천맹에서는 별다른 말이 없는 듯하구나. 아마도 황제 시해 때문에 정신이 없는 상태일 테고, 태천맹주인 초염권성이 부재중인 상태니 우리 일까지 신경 쓸 여유가 없을 것이다."

"네? 초염권성이 부재중입니까?"

가만히 앉아서 듣고 있던 태월하가 깜짝 놀랐다.

태천맹주 초염권성!

천하를 오시하는 유극문 삼대장로조차도 천하의 명인(名人)이라 인정한 인물로, 천하에서 열 손가락에 꼽히는 고수였다. 신룡전까지 통틀어도 수위에 들 만한 절대고수이기에 태천맹의 그 누구도 초염권성의 맹주 직에 반대하지 않았다. 뭐니 뭐니 해도 초염권성의 권법은 일백 년 내 우내제일(宇內第一)로까지 불렸다.

성구몽 장로는 강호에서 명왕이라고 불리던 시절에 초염권성과 겨루어서 육백여 초를 비등비등하게 싸운 적이 있었다. 삼절금제가 풀려도 승부를 자신할 수 없는 진정한 달인! 그렇기에 초염권성의 소식은 뜻밖일 수밖에 없었다.

성구몽 장로가 턱을 쓰다듬었다.

"알 만한 사람들은 다 알고 있는 사실이지. 천룡육신군이 현재 태천맹의 모든 대소사를 처리하고 있으며, 초염권성 본인은 패왕신권(覇王神拳)의 완성을 위해 폐관 수련에 들어갔다. 단지 그 장소가 어딘지는 그 누구도 모른다."

"어쨌든 우리에겐 호재군요. 천룡육신군의 무공은 뛰어난 편이지만 결코 초염권성의 빈자리를 대신할 수 없습니다."

"으음, 그래도 마음을 놓을 순 없다."

성구몽 장로는 떨떠름한 표정을 감추지 않았다. 그는 살아오면서 워낙 의외의 일을 많이 겪었기 때문에 일을 속단하지 않았다. 항상 마음 한구석에는 신중함을 감추면서 살아오는 게 버릇이 된 것이다.

"다음으로…… 역시 구성천(九聖天)이 움직이기 시작했다."

"어떻게 그 사실을 아셨습니까?"

"현 구성천 최강자인 봉신영사(封神靈絲)의 주인이 싸운 흔적이 수도 낙양 근처에서 발견되었다. 사검사가 개방 놈들의 정보를 얻어냈으니 확실하다."

"봉신영사! 신령마저도 박제해 버린다는 그 전설의 무공이 실존한단 말입니까?!"

태월하가 경악해서 외쳤다.

구성천 봉신영사!

구성천에서 서열 육 위(六位)라고 해서 결코 무공이 약한 게 아니었다. 구성천은 하나하나가 그 시대의 절세 무공을 상회하거나 압도하는 위력을 지니고 있었고, 구성 천의 전승자가 등장할 때마다 무림은 공포에 떨곤 했다. 더욱이 봉신영사는 신화시대부터 전해지는 영사를 전개 해서 피할 수도, 막을 수도 없는 무형영사(無形靈絲)를 전개한다고 알려져 있었다.

성구몽 장로가 말했다.

"봉신영사의 주인은 낙양 천마공(天魔公)에게 거역해 서 정면으로 살아남았다고 알려져 있다. 그가 현 시대 구 성천 전승자 중에서 최강이라고 하더군. 그의 무공은 아 마 이 시대에서 세 손가락에 꼽힐 것이다."

"노, 놀랍군요."

"그런데…… 아무래도 그가 패퇴(敗退)한 것 같아. 상 대가 짐작이 안 가는군."

성구몽 장로가 팔짱을 끼고 고민하자 태월하와 채은도 조용해졌다.

"……."

천마공의 무공은 그들도 신룡전 연옥 시절에 익히 보 아서 알고 있다. 천마공이 사용하는 무상천마(無常天魔) 는 본디 마교의 교주에게만 전해지는 절세신공으로, 구성

천 서열 이 위(二位)였다. 서열이 위에 있는 구성천과 겨
뤄서 이겼다면 틀림없이 봉신영사를 극한까지 터득한 것
이리라.

그런 봉신영사의 주인을 패퇴시킨 자! 과연 누구란 말
인가.

"아무튼 봉신영사의 주인이 나타났다면, 머지않아 다
른 전승자들도 강호(江湖)에 나타날 것이다. 어느 시대나
구성천 전승자들은 동시에 출몰하는 게 특징이었으니까."

"……복잡하군요. 그들은 틀림없이 신룡전의 존재를
안다면 분노할 겁니다."

태월하가 조심스럽게 중얼거렸다. 신룡전의 실체를 알
고 있으니 당연한 반응이었다. 어찌 보면 구성천을 모독
하기 위해서 만들어진 게 신룡전이라고 할 수도 있었다.

"그렇겠지. 하지만 아무리 그자들이라고 해도 무황령
이나 천마공을 어찌할 순 없을 것이다."

"구성천에 대해서 깊이 생각하지 않는 게 좋겠습니다.
지금 중요한 문제는 아니니까요."

"아냐, 나는 마음에 걸려."

"네?"

성구몽 장로는 침음성을 흘리며 한참이나 고민했다.
그의 의형제들은 대형의 생각을 방해하지 않으려고 숨을

죽였다. 성구몽 장로는 허튼소리를 하는 법이 없었고, 결론적으로 그들을 옳은 방향으로 끌어 주었다.

잠시 후, 성구몽 장로가 말했다.

"만일에……."

"네."

"태오가 구성천과 관련이 있다면?"

*　　*　　*

"그럴 리가 없지."

채은 장로의 제자, 낙무는 코웃음을 쳤다. 그는 현재 천빙연화수를 들이켠 후 차디찬 얼음물 속에서 머리만 내놓은 채였다. 우스운 꼴이었지만 천하제일의 빙공, 천빙결의 수련에는 필수적인 과정이었다. 전신에 절대빙기를 깃들게 하기 위해서는 몸이 먼저 적응하는 과정이 필요한 것이다.

달달달.

그는 새하얀 김 때문에 콧물도 얼어붙은 상태에서 입술을 달달 떨면서도 눈빛에 힘을 잃지 않고 있었다. 건장한 체격인데다가 제법 내공을 익힌 상태라고 해도, 이런 상황이면 체력과 기력이 모두 떨어져야 정상이었다. 하지만 끝까지 의지만으로 버티고 있는 것이다.

"내가…… 이런 곳에서…… 포기할 리가…… 없잖아!!"

낙무는 혼잣말로 외치면서 이를 악물었다. 그의 눈에는 오로지 태오의 등밖에 보이지 않았다.

'인정할 수 없다.'

낙무는 어릴 적부터 무림의 고수가 되는 것만을 꿈꾸었다. 해가 갈수록 갈망은 강해졌지만, 일개 소작농의 아들이 무림문파에 입문하는 건 정말로 힘든 일이었다. 무림문파는 문도에게서 돈을 받으며 먹고살았고, 큰 문파일수록 기부 금액이 컸다. 그런 까닭에 웬만한 부잣집 아들이 아니면 구파일방 입문은 꿈도 못 꾸는 일이 많았다.

재능이 뛰어나다면 다른 방법이 있다. 일 년에 한 번씩 있는 시무전(視武戰)이라는 소년용 대회에서 우수한 성적을 거두면 구파일방의 장로들이 선택해 간다. 하지만 어차피 명문세가의 출신을 이기는 건 불가능에 가까웠다. 가뭄에 콩 나듯이 엄청난 천재들이 아무런 배경도 없이 선택되는 경우가 있었지만, 그건 정말로 드문 일이었다.

결국 나이만 계속 차게 되고, 낙무는 시중에 떠도는 외공과 하급 내공심법만 죽어라 익히면서 계속해서 무림문파의 문을 두드렸다. 그 와중에 자신은 정말로 무림과 인연이 없는 건 아닌지 고민하고 방황했다. 부모님과 싸우면서 인고의 세월을 보내기도 하고, 자신이 철없음에 눈물 흘리기도 했다.

그 와중에 유극문에서 그를 받아 준 건 천운이었다. 원래라면 유극문 정도 되는 일류 문파에서 낙무처럼 나이 많고 근골 굳어진 자를 받아 줄 리가 없었지만, 갑작스럽게 세(勢)가 기울자 문파 확충에 힘을 기울이게 된 것이다. 낙무는 나이가 많았지만 늦춰진 만큼 더 노력을 하자는 생각으로 매일같이 뼈를 깎는 고생을 하며 살았다.

겨우 견습에서 평제자가 되어서 제대로 된 무공을 배울 수 있게 되었을 때는 감동해서 하루 종일 울었다. 자신에게도 길이 열린다고 생각하고, 노력한 만큼의 보답을 받는다고 생각했다. 낙무에게는 그 시기가 제일 행복하게 느껴졌다.

그러나 태오가 갑자기 나타났다. 난데없이 나타나서 삼대장로의 유일 제자로 들어가고, 그것도 모자라서 한 달 만에 천하에서 손꼽히는 대검호(大劍豪)를 일대일로 쓰러뜨려 버렸다. 태오의 무공 진전 속도는 상식으로 이해가 안 되는 수준이었고, 낙무는 태오의 행보를 옆에서 지켜보며 방황했다.

도대체 저건 뭐지?

인간인가?

내가 아는 상식을 모조리 뒤집어엎고 있지 않은가.

'인정할 수 없다.'

쿠르르륵.

한순간, 전신에서 힘이 빠지면 낙무의 머리가 차가운 얼음물에 빠졌다. 코와 입으로 냉기가 스며들더니 어마어마한 고통이 닥쳐왔다. 말 그대로 살을 찢고 갈고리로 걸어서 가죽을 벗기는 듯한 고통이었다. 심지어는 고통이 전해지는 속도도 느려서, 낙무는 시시각각 인생의 행복이 잊혀지는 경험을 해야 했다. 채찍이나 태형도 이 고통에 비할 수는 없었다.

"……!!"

그러나 고통 때문에 핏발 선 눈으로 낙무는 어거지로 비명을 참았다. 그리고 다시 얼음물 밖으로 머리를 내밀었다. 생쥐 꼴이 되어서도 낙무는 필사적으로 무공만을 생각했다. 자신의 신념이 있다면 결코 포기하고 싶지 않았다.

"낙무 사형, 그렇게 생각하신다면 십 년 후에 있을 검성전에 나오십시오. 내가 사기꾼이 아니란 걸 그때 증명하겠습니다."

"……알아."

낙무는 쉬어 버린 목으로 조용히 중얼거렸다. 그의 뺨에는 굵은 눈물이 흐르고 있었다. 자신에 대한 무력감, 패배감, 그리고 투지였다. 절망이 심장에 차오르는 도중에 그는 자신의 공포를 이겨 내기 위해서 필사적으로 읊조렸다.

"네놈이 사기꾼이 아니란 건…… 잘 알고 있다, 태오. 네 행보는 사기 쳐서 이룰 순 없는 거야……. 넌 틀림없이 무림의 영웅(英雄)이다……."

소광검마 태오.

태천맹을 단신으로 쳐들어가서 천룡육신군 중에서 대막 최고의 고수로 불리던 현빙신군을 처치하고 모조리 박살 냈다는 소식이 들려왔다. 태천맹에서는 마두(魔頭), 무림공적(武林公敵)으로 지정한 지 오래였지만, 젊은 층의 반응은 달랐다. 태천맹이 오랫동안 무림에 군림하면서 부조리와 악랄함의 대명사로 알려지고 있었으므로 통쾌하다는 반응도 많았다.

심지어 사파의 젊은 후기지수 사이에서는 태오를 추종하는 모임까지 생기고 있다고 했다. 미래는 알 수 없는 것이지만, 태오는 어쩌면 무림에 폭풍을 불러올지도 몰랐다.

'그에 비하면 지금 나는……'

일류급도 안 되는 무위인데다가 차디찬 얼음물 속에서 지독한 고통만 참고 있는 꼴이었다. 게다가 나이도 많았다. 아예 비교가 안 되는지라 자괴감과 절망감이 닥쳐왔다. 어떻게든 태오를 이기고 싶은데, 도저히 이길 방법이 보이지 않았다.

어쩌면 채은 장로의 천빙결을 대성해서 경지에 오른다고 하더라도 태오를 따라잡는 건 불가능할지 몰랐다.

'아냐. 나는 포기하지 않아!'

낙무는 자신의 신념을 지키기로 마음먹었다. 지금 그가 할 수 있는 건 오로지 노력하고 또 노력하는 것밖에 없었다.

십 년 후의 검성전(劍聖戰)!

거기서 자신이 어떤 신념을 갈고닦아 왔는지를 태오에게 보여 주고 싶었다. 지금까지 괴롭지 않아서 비명을 지르지 않은 게 아니었다. 먼저 채은 장로를 납득시키지 못한다면, 괴물 중의 괴물인 태오에게 할 수 있는 말이 없을 것만 같았다.

"잘 견디고 있구나."

그때, 사부인 채은 장로가 천천히 장내로 걸어 들어왔다. 어지간한 이십 대 처녀 못지않은 절세미모를 뽐내는 채은 장로였지만, 실제 나이는 오십 대를 상회했다. 그녀의 빙공이 초절정의 경지에 이르면서 노화를 강제로 억제하는 효력을 보이는 것이다. 채은 장로는 얼음물에 무표정하게 떠 있는 낙무를 보며 말했다.

"낙무, 천빙결(天氷決)은 총 오 단계로 이루어진다. 네가 행하는 건 그중 일 단계로, 앞으로 두 달 동안 계속 이 과정을 반복하면서 몸의 혈도에 빙기(氷氣)를 축적시킨다. 극음(極陰)의 기공을 몸이 받아들이기 쉽게끔 하는 거지."

이미 해 줬던 설명이다. 채은 장로가 재차 설명해 주는 까닭은, 낙무가 고통 때문에 기절하지 않게 도와주면서 하나하나의 구결을 외우게 하기 위해서였다. 채은 장로는 차가운 눈으로 낙무를 내려다보았다.

"본 궁(本宮) 역사상 사내가 천빙결 천빙신공을 익힌 일은 전무(全無)했다. 딱히 전수가 금지된 건 아니지만, 익히려 했던 사내들은 예외 없이 죽음을 맞이했다. 이 단계까지는 버텼지만, 삼 단계에서 전신에 음양(陰陽)의 조화가 깨져서 쇠약사한 것이다. 이대로 수행한다면 너는 일 년 후에 반드시 죽을 것이다. 태생적으로 음(陰)을 타고나는 여인이 아니라면 천빙결의 음기를 버틸 수가 없어."

처음 듣는 이야기였다. 아마도 이 이야기를 꺼내는 까닭은, 채은 장로 스스로도 뭔가를 각오하고 결단했다는 뜻이리라.

"……."

"하지만 네가 살아남을 수 있는 방법은 딱 하나 있지."

이어지는 말에 낙무는 눈을 부릅떴다.

"네가 천빙결을 이 단계까지 익히면 너를 갑운애루(岬雲崖樓)에 데려갈 것이다. 갑운애루주는 천하에서 너를 살려낼 수 있는 유일무이한 인물이다. 어쩌면 협유곡주도 가능할지도 모르지만, 그자는 만나고 싶지 않구나."

"그는…… 무엇을 하는…… 인물입니까?"

힘겹게 낙무가 질문을 하자, 채은 장로가 의자에 걸터앉았다.

"갑운애루는 강호에서 가장 거대하고 강력한 청부 단체(請負團體)다. 전쟁 용병들과 현상금 사냥꾼들이 뭉쳐서 만들어진 문파지. 근 이백여 년간 중원과 새외 사이에 전쟁이 잦았기에 생길 수 있던 문파다."

동시에 천하에서 가장 돈이 많은 문파 중 하나로 꼽혔다. 현상금 사냥꾼이나 용병들이 상납하는 금액은 그야말로 장난이 아니었다.

"……."

"그리고 갑운애루주는…… 구성천(九聖天) 서열 칠 위(七位) 육합천괘(六合天卦)의 주인이다. 그만이 음양육합팔괘를 조작해서 인간의 운명을 변화시키는 게 가능하다."

"……!!"

낙무는 아무런 말도 하지 못하고 얼어붙었다. 지금까지 느낀 한기 이상으로 엄청난 충격이 닥쳐왔다. 전설의 절세무공 구성천! 말 그대로 전설인 줄만 알았는데, 설마 구성천의 전승자라는 게 무림에 실존하고 있다는 사실이 놀라웠다.

"사부…… 께선…… 어떻게…… 그를…… 알고……."

"알 수밖에 없지."

채은 장로는 차갑게 웃었다. 시선은 허공을 향하고 있었는데, 어딘가 그리움을 품고 있었다. 동시에 격렬한 증오도 느껴져서 낙무는 스승의 마음을 알 수가 없었다. 여인의 변덕이라고 하기에는 너무나 다양한 감정이 느껴지고 있는 것이다.

"그자는 내 남편이니까."

2.
구성천 회합

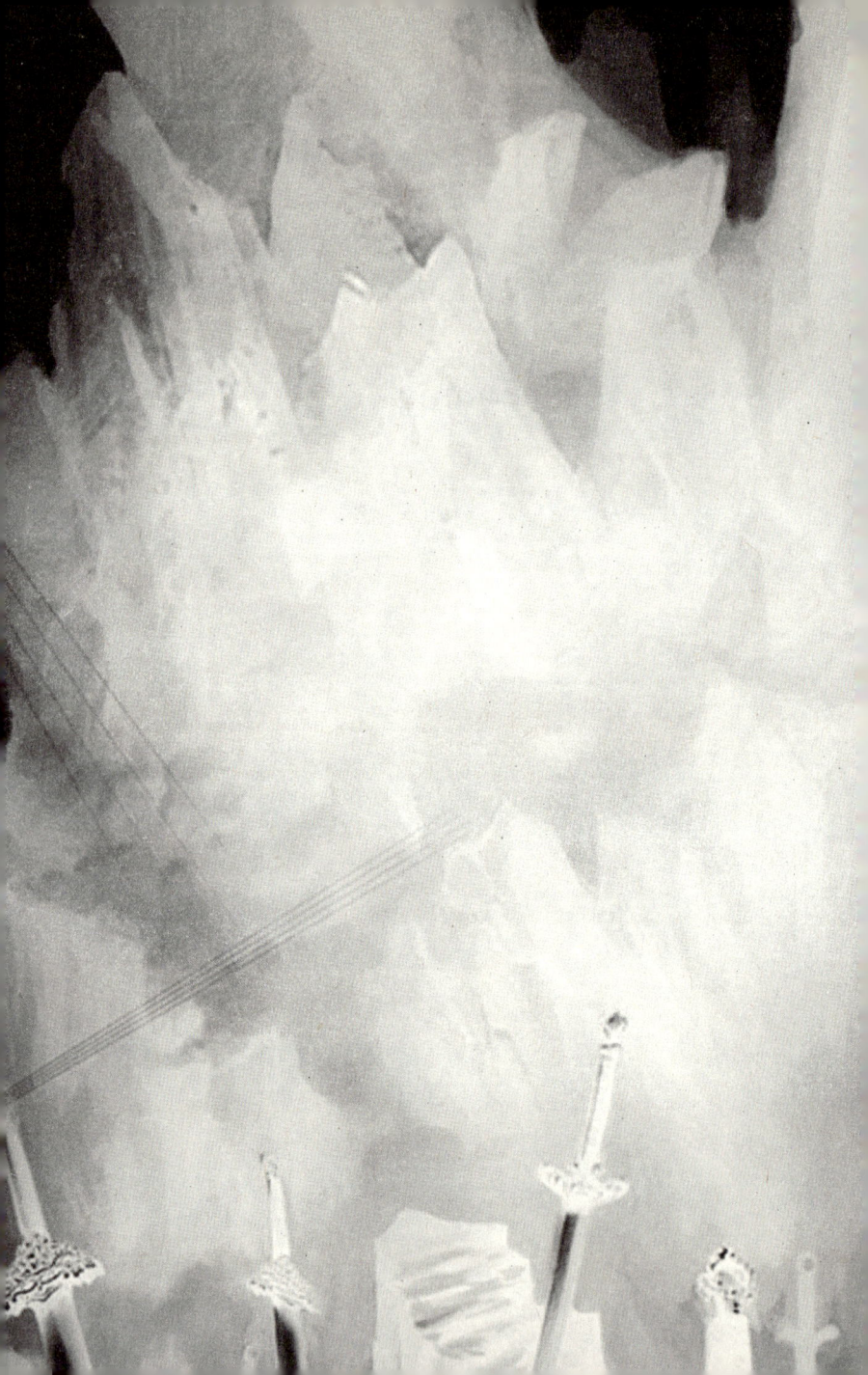

"응? 누가 내 얘기 하나?"

갑운애루주(岬雲崖樓主)는 귀를 긁었다. 그는 평소처럼 삿갓을 쓰고 있었는데, 얼굴은 외부에 잘 보이지 않았다. 언뜻 태월하 장로와 비슷한 차림이었지만, 그는 허리춤에 한 쌍의 판관필을 차고 다닌다는 점이 달랐다.

갑운애루주가 서 있는 곳은 달빛을 받고 있는 거대한 원탁 위였다. 원탁 앞에는 다섯 명이 앉아 있었는데, 제 각기 연령과 생김새, 분위기가 극명하게 달랐다. 무엇보다도 고승(高僧)과 파계승(破戒僧)이 함께 앉아 있는 광경은 기괴함을 불러일으켰다.

'슬슬 얘기를 시작해 볼까?'

약속 시간이던 만월의 달밤이 찾아왔다. 갑운애루주는 빙글빙글 웃으며 주변의 조명을 내공으로 밝혔다.

화륵.

"저까지 포함해서 총 여섯 명이군요. 나머지 세 분은 소환에 응하지 않으시더군요."

갑운애루주가 쾌활하게 말의 서두를 꺼내자 제일 가까이에 앉아 있던 귤화위지(橘化爲枳)가 턱을 괴며 퉁명스럽게 말했다. 그는 낙양제일의 참술(斬術) 전문가이자 본국삼절의 전승자이기도 했다.

"흥! 한 놈은 쓰러뜨릴 놈이고, 한 놈은 마교의 후예고, 한 놈은 서장에서 왕 노릇을 하고 있지. 올 사람은 다 온 셈이야."

"그렇기야 하지요."

"하지만 당신이 온 건 약간 의외군요, 회천공(回天公)."

싸악!

갑자기 장내의 분위기가 일변했다. 팔짱을 낀 채 묵묵히 앉아 있는 장년인은 어딜 보나 정파의 명숙(名宿) 같았지만, 그가 회천공이라는 사실이 모든 걸 달라 보이게 했다. 회천공을 제일 날카로운 기색으로 노려보던 소림사의 고승이 창노한 음성으로 외쳤다.

"뻔뻔스럽군, 역적(逆賊)! 이 자리를 파한 후가 두렵지도 않은가!!"

"흠."

회천공은 가늘게 눈을 떴다. 좌중을 둘러보자 의외로 그를 향해 적의를 내뿜는 자는 많지 않았다. 아니, 소림사의 고승뿐이라고 해도 과언이 아니었다. 나머지 구성천 전승자들은 호기심 내지는 무관심으로 일관하고 있었다. 회천공은 피식 웃으며 대답했다.

"화내지 마시오, 소림사 방장(方丈). 내가 마음만 먹으면 언제든 소림사 정도는 함께 끌고 들어갈 수 있다는 걸 알고 계시길."

"이놈!!"

놀랍게도 구성천 전승자의 모임에 참석한 사람 중 한 명은 소림사의 방장이었다. 구성천 서열의 구 위, 말석(末席)이긴 했지만 아라한신권(阿羅漢神拳)은 틀림없이 구성천이었다. 그런데 하필이면 황제 시해의 범인으로 지목된 회천공까지도 구성천의 전승자로서 이 자리에 나오다니!

'젠장.'

갑운애루주는 골치 아프다고 생각하며 머리를 짚었다.

그러고는 소림사 방장을 진정시키기 위해 입을 열었다.

"아아, 네네. 황제 죽이면 나쁜 일이죠. 저도 그렇게 생각합니다."

"갑운애루주! 당장 저자를 붙잡아 무릎 꿇립시다. 그리하여야 무림정의가 바로 설 것이오."

말로는 물러날 기색이 아니었다. 하지만 이대로는 큰 사단이 일어날 게 분명하다. 갑운애루주가 곤란함을 느끼며 어깨를 으쓱했다.

"하아, 그러니까⋯⋯."

파밧!

흥분해서 침을 튕기며 외치는 소림사 방장이 재빨리 손을 휘둘러서 공격을 막아 내었다. 공격은 모두 이백칠십오 격(擊), 모든 것이 무형기(無形氣)에 의한 것이었다. 방장은 잘 막아 내었다고 생각했지만, 다음 순간 미끄덩하면서 자신의 손목이 떨어지는 걸 발견했다.

"⋯⋯!!"

소림사 방장은 자신과 상대방의 실력 차를 느끼고 전율했다. 방금 마음만 먹었으면 상대가 자신의 목숨을 거둘 수 있었다는 사실을 깨달은 것이다.

'엄청난 고수!'

투욱.

"크윽!"

살기의 주인은 가만히 앉아 있던 파계승이었다. 시커
먼 야차(夜叉) 가면을 쓰고 있는 괴인(怪人)은 갑운애루
주의 시선을 받고도 모른 척 가만히 앉아 있었다.

"이렇게 된답니다~"

소림사 방장이 당황했지만, 갑운애루주는 이미 범인에
게로 다가가서 얼굴을 들이밀고 있었다.

"이보세요~ 회합 중에는 같은 구성천 전승자를 공격
하면 안 됩니다. 당신이 제일 그 사실을 잘 아실 텐데요,
농(弄) 님."

[후후…….]

파계승, 농이라고 불린 야차 가면의 괴인은 육합전성
(六合傳聲)을 시전했다. 아예 육성을 내기가 싫은 모양
인지, 내공 소모가 심한 육합전성으로 좌중에 자신의 의
지를 전달했다.

[늙은이에게 경고를 준 것뿐이다. 황제가 죽었든 말든
그딴 일로 회합에서 시끄럽게 굴지 말라는 거다.]

"흠, 맞는 말씀이긴 하지만, 지나치군요. 나중에 개인
적으로 사과하시길."

갑운애루주의 말은 파계승 농도 무시할 수 없었다. 어
쨌든 회합의 주재자이며 그로서도 무시할 수 없는 상승

무공의 소유자이기 때문이었다.

[그러도록 하지.]

일련의 과정을 지켜보고 있던 소림사 방장은 기가 막혔다. 갑작스럽게 갑운애루주에게서 구성천 회합의 초대장이 와서 참석했더니, 아무렇지도 않게 그를 무시하고 있지 않은가! 이 중에서 강호에 제대로 알려진 인물은 갑운애루주 한 명뿐인데, 나머지 네 명의 전승자는 소림사 방장을 꿔다 놓은 보릿자루처럼 취급하고 있었다.

"웃차, 그럼……."

갑운애루주가 재빨리 잘린 손목을 주웠다. 그러고는 마치 장난이라도 하듯이 혈관에서 피가 솟아오르는 소림사 방장의 절단 부위에 갖다 대었다. 소림사 방장은 수양을 잊고 버럭 화를 낼 뻔했다.

세상에 그렇게 간단히 잘린 사지(四肢)가 붙을 리가 있는가!

'이 마도(魔道)가…….'

타악.

하지만 놀랍게도 손목은 아무 일도 없었다는 듯 제자리에 붙어 버렸다. 소림사 방장은 할 말을 잃고 자신의 손목을 바라보았다. 심지어 출혈이나 고통조차도 사라져 버려서, 방금 자신이 당한 게 꿈이 아닌가 하는 생각마저

들었다.

"아, 이건……."

소림사 방장이 꿀 먹은 벙어리가 되자, 도리어 회천공 쪽에서 그를 걱정하는 말을 했다.

"이 자리에서 세속의 정치적 위치나 은원은 의미가 없소이다. 강호제일문파 소림사라고 해서 예외는 될 수 없소. 구성천은 반만년 이상 전승되고 있는데, 소림사의 역사 따위가 눈에 찰 리가 없잖소?"

소림사 방장이 증오스러운 눈으로 회천공을 쏘아보았다.

"크으, 역도(逆徒)가 말은 잘하는구려."

회천공이 일으킨 황제 시해 때문에 소림사는 제일 먼저 동창과 금의위의 방문을 받아야 했다. 숫제 용의자 취급하며 난장판을 치려고 하는 기색이니 회천공을 곱게 볼 수 없는 것이다.

"뭐, 죽일 생각이긴 했소만, 나와 동료들은 황제를 죽이지 않았소. 그것만 알아 두시오."

"……."

헛소리라고 생각하는지 소림사 방장은 대꾸도 안 하고 고개를 돌렸다. 하지만 의외로 회천공의 말에 귤화위지와 갑운애루주는 흥미를 보였다. 그도 그럴 것이, 귤화위지

는 관리(官吏)였고, 갑운애루주는 자신이 경영하는 갑운
애루의 금전적 이득과 밀접하게 연관된 사항이었기 때문
이다.

"허, 정말입니까? 황제 안 죽였어요?"

힐끔 뒤돌아본 회천공이 고개를 끄덕였다.

"안 죽였다니까. 내가 갔을 땐 죽어 있었어."

"진짜죠?"

"사나이답지 않군."

[크하하핫!]

회천공이 고개를 절레절레 젓자 옆에 앉아 있던 파계
승 농이 웃음을 터뜨렸다. 그는 구성천 전승자 중에서 최
강이라 불리고 얼마 전에 남룡제와 싸우기까지 한 인물이
었다. 봉신영사(封神靈絲) 하나만 있으면 천하에 무서울
게 없는 것이다.

농이 즐거운 기색으로 육합전성을 사방에 보냈다.

[회천공, 그럼 하나 물어보지. 남룡제(南龍帝)는 어떻
게 되었나?]

남룡제!

그 단어가 나오는 순간 장내의 분위기가 싸늘하게 얼
어붙었다. 어느 정도 장난기 있게 흐르던 탁자의 공기가
완전히 동결된 것이다. 남룡제라는 단어가 주는 위압감은

그 정도로 크나큰 것이었다.

한때 남북쌍룡제(南北雙龍帝)라 불리던 두 명의 절세 무인이 천지를 뒤집으면서 고수라는 고수를 다 쓰러뜨리고 다닌 적이 있었다. 북룡제는 구성천 서열 이 위, 무상천마의 전승자였고 남룡제는 검성의 손자였다. 두 사람이 힘을 합치니 황궁제일고수라고 하는 사황령조차도 상대가 되지 않았다.

그 와중에 구성천 전승자들도 괜히 그들에게 도전했다가 깨지거나 수치를 당한 일이 있었다. 그 이후로 남룡제는 공포의 대상으로 자리 잡았고, 금구나 다름없게 변한 것이다. 봉신영사의 전승자인 농 또한 그때 당했던 수치를 회복하려고 남룡제를 우연히 발견해서 싸움을 걸었다.

회천공은 잠시 생각하다가 사실대로 말했다.

"그는 우리와 잠시 협력하기로 하고 천궁을 둘러싼 오행기관(五行機關)을 돌파했소. 그곳에서 우리는 천마공(天魔公)을 만났고…… 남룡제는 혼자서 천마공을 막으려 했소. 내가 남룡제의 모습을 확인한 건 그게 마지막이오."

구성천 전승자들이 믿는지 아닌지는 상관없다. 이 자리에서 자신들을 변호한 것만으로도 나중에 역모죄인 취급을 면하는 방패로 쓰일 수 있다는 생각이 들었다.

"천마공? 그 애송이는 남룡제의 상대가 안 될 텐데……."

지금까지 가만히 이야기를 듣고만 있던 거도(巨刀)의 무인(武人)이 중얼거렸다. 그는 성인 두 명을 합친 것보다 더욱 거대한 칼을 지면에 꽂고 있었는데, 도대체 저런 칼을 휘두를 수나 있는지 의심스러웠다.

회천공이 그의 말에 고개를 저었다.

"검성전 우승 당시의 어린 천마공이 아니오. 그자는 이미 무상천마를 완전하게 익힌 듯하고, 절기 백팔마황윤회도 시전 가능했소. 내 생각이지만 아마 남룡제는 부상과 지병 때문에 승산이 낮았을 거라고 생각하오."

회천공의 말에 거도의 무인이 피식 비웃었다. 그에게 천마공은 안중에도 없었다.

"흐음, 남룡제도 한물갔군. 그딴 애송이한테……."

"낙일승월도(落日昇月刀)의 주인은 과연 자부심이 대단하군."

회천공이 쓴웃음을 지었다. 거도의 무인은 구성천 서열 오 위(五位), 낙일승월도법의 전승자인 요다성(妖多星)이었다. 요다성의 나이는 육십이 가까웠고, 연배로 따지면 남룡제와 거의 동급에 있었다.

이야기가 자꾸 황제 시해의 진상 쪽으로 빠지자 회합

진행 담당인 갑운애루주가 손뼉을 쳤다.

짝, 짝!

"자아, 됐습니다~ 황제를 죽였든 말든 무슨 상관입니까! 달밤은 짧고 다들 하실 일이 많으니, 우선은 중요한 이야기부터 나눕시다. 궁금한 건 나중에 회천공께 개인적으로 묻도록 하시죠."

"그럽시다."

좌중이 동의하는 분위기가 되자 갑운애루주가 말했다.

"이렇게 제가 회합을 소집한 이유는 단 하나입니다."

"뭐요?"

"구성천 서열 일 위(一位)가 강호에 출현했습니다."

무(無).

"흠."

"으음."

[…….]

남룡제 이야기가 나왔을 때 분위기가 얼어붙었다면, 지금은 다들 말하기를 꺼리는 분위기가 되었다. 서로 간에 조금도 의견이나 생각을 밝힐 생각이 없는지 시선을 회피하거나 팔짱을 꼈다. 남룡제가 껄끄러운 동네 깡패라면 구성천 서열 일 위는 대를 이어 내려오는 업(業)이었다. 결코 가볍게 대할 수 있는 대상이 아니었다.

이상한 분위기를 참지 못한 소림사 방장이 조용히 의문점을 말했다.

"아미타불. 그게 그렇게 큰일이오? 나 또한 선대 방장어른에게서 전해 듣긴 했소만, 그렇다 해도 무공을 익힌자는 한 사람이오. 구성천 전승자만 골라서 사냥을 다니는 것도 아닌데, 모일 필요까지야 있겠소?"

"음, 소림사에는 제대로 전승이 이뤄지지 않은 모양이군요."

갑운애루주가 가볍게 한숨을 쉬더니 말했다. 좌중에서가장 박식하고 구성천의 역사를 올바르게 알고 있는 자가바로 갑운애루주였다.

"소림사 방장 대사, 어째서 하필이면 아홉 개의 절세무공을 일컬어 구성천이라고 부르게 되었는지 생각해 보신 적 있으십니까?"

"시주, 무슨 뜻이오?"

"중원 대륙 사람들은 사(四)나 팔(八), 십(十)이라는숫자를 좋아합니다. 구(九)는 황제의 숫자라서 금기(禁忌)로 보는 면도 있죠. 반만년 전부터 전해진 것인데, 어째서 그러할까요? 왜 아홉 개일 필요가 있을까요?"

"……."

소림사 방장은 뜻밖의 말에 침묵했다. 그러고 보니 그

이유에 대해서는 생각해 본 적이 없었다. 반만년 동안 중원 대륙에는 무수한 신공(神功), 마공(魔功)이 나타났지만, 항상 구성천이었다. 더 강력한 무공이 있으면 십성천이나 십이성천이라 불려도 되었을 텐데, 이상한 일이었다.

갑운애루주가 훗, 웃으며 설명했다.

"사실대로 말씀드리자면, 구성천보다 강력한 무공이 역사에 출몰한 적도 있습니다. 소림사만 해도 아라한신권이 여래신장보다 확실히 우위라고 하실 순 없겠죠. 물론 구성천 무공은 익힌 자를 한없이 최강에 가깝게 해 주지만, 그 자체로 무적이라고 하긴 힘듭니다. 진정한 의미에서 무적(無敵)은 오직 검성(劍聖)뿐이었습니다."

소림사 방장은 고개를 슬며시 끄덕였다. 그 또한 전해 들어서 검성의 위업을 알고 있었다. 무엇보다도 오랑캐 수백만 대군을 단신으로 격퇴하는 건 인간의 경지라고 볼 수가 없을 정도였다.

"하고 싶은 말이 뭐요?"

"사실 구성천이란 건, 오직 서열 일 위에 존재하는 '어떤 무공'을 상대하기 위해 만들어진 예비군이란 겁니다. 사실상 팔성천(八聖天)이라고 하는 게 맞는 거겠죠."

"무, 무슨 소리요!"

소림사 방장이 깜짝 놀랐다.

"그 말대로라면 마교의 후계자만이 전승받는 무상천마 (無常天魔)조차도 고작 하나의 무공을 상대하려는 거요?"

"그렇습니다."

무상천마!

구성천 서열 이 위의 무공으로서, 현재 세상에 알려진 사용자는 북룡제와 천마공, 두 사람뿐이었다. 황궁제일 고수인 무황령이 무상천마를 시전하는지는 확인되지 않았지만, 확률이 높았다. 다만 위력은 절대적으로서, 무려 육백여 년 이상 대륙의 무맥(武脈)을 주름잡으며 무수한 이야기와 전설을 만들어 낸 절세신공이었다. 소림 사로서도 감히 무시할 수 없는 개세마공이란 사실에 이견이 없었다.

무상천마를 팔성(八成)까지만 익혀도 천마호신강기를 내뿜을 수 있다고 하니, 여러모로 인간의 한계를 벗어날 수 있는 게 틀림없었다. 그런데 그런 무상천마가 고작 하나의 무공을 상대하기 위해 존재하는 예비군이라니!

소림사 방장은 당황해서 좌중을 둘러보았지만, 그 이외에 당황하거나 놀라는 사람은 아무도 없었다. 다들 이미 알고 있는 사실을 듣는 것처럼 시큰둥한 반응이었다. 이야기를 듣고 있던 낙일승월도의 전승자, 요다성이 말을 보충했다.

"방장, 서열 일 위에 존재하는 '그 무공'이 세상에 나타났던 시점에, 그나마 대항할 수 있는 가능성을 지니고 있던 게 현재의 구성천 신공(神功)들이라는 소리요. 팔인(八人)의 전승자가 힘을 합치지 않으면 강호의 누구도 '그 무공'을 꺾을 수 없소."

"······점차 이야기가 황당해지는구려. 으음, 하나 믿지 않을 수도 없으니."

방장은 힐끔 좌중을 살폈다. 그 또한 강호에서는 초절정고수의 하나로 대접받는 몸이었지만, 이 중에서 그보다 약한 자는 한 명도 없었다. 다시 말하자면, 이런 초절정고수들이 자존심을 숙이면서까지 인정하는 사실은 진실(眞實)일 가능성이 매우 컸다.

"도대체 어떤 무공이길래 그런 무시무시한 위력을 지니고 있는 것이오?"

"그건 사실은 무공이 아닙니다. 그걸 무공이라고 부를 수는 없죠."

갑운애루주는 싱긋 웃으며 고개를 저었다. 그의 판관필이 슬쩍 들려졌다.

"무공이 아니기 때문에 절대고수가 여덟 명이나 모여야 파해(破解)할 가능성을 가지는 것이죠."

"뭐…… 라고? 대체 그게 무엇이길래…… 술법(術法)?"

"술법도 아닙니다. 설마 술법 따위가 무상천마를 능가한다고 생각하십니까?"

과거 십만대산 시절에 마교는 사술(邪術)과 마법(魔法) 천지로 무장했다. 하지만 사악한 술법들은 모두 마교 최강의 절학인 무상천마에 비하면 부스러기에 지나지 않았다.

"허어."

"간단하게 말하자면, 그건 생명(生命)이라는 거죠."

갑운애루주가 어깨를 으쓱했다. 이야기를 하다 보니 목이 타는 듯, 물잔을 벌컥 들이켜더니 말을 이었다.

"이놈의 구성천 서열 일 위가 골 때리는 점은 그거예요. 차라리 구결이나 술법 같은 걸로 전승되는 방식이라면 속이 편한데, 살아 있는 생명이기 때문에 본인 스스로도 전승자인 걸 알 수가 없습니다. 하물며 남이라면 본색을 드러낼 때까지는 전혀 눈치챌 수가 없죠."

"그렇다면 서열 일 위가 출현했다는 사실은 어떻게 알아낸 것이오?"

소림사 방장이 퉁명스럽게 반문하자, 갑운애루주가 활짝 웃었다.

"전 알 수 있습니다. 육합팔괘(六合八卦)는 술법(術法)의 정점(頂点)에 도달해 있는 능력이기 때문에 세계의 균열(龜裂)을 누구보다도 빨리 알아챌 수 있습니다."

술법에 대해서 아는 게 없으니 방장은 아무런 말도 할 수 없었다. 하지만 갑운애루를 운영하는 주인씩이나 되는 자가 설마 농담이나 장난을 하는 건 아니리라. 소림사 방장은 비록 참을성이 적은 편이었지만 두뇌 회전이 비상한 인물이었으므로 머리를 재빨리 굴렸다. 그리고 생각난 의문점을 말했다.

"그런데 갑운애루주, 그자를 꼭 잡아야 하는 이유를 말하지 않았구려. 구성천 서열 일 위라는 '그 무공'을 어째서 잡아야 하는 것이오?"

"후후, 정파의 태두라고 불리는 소림사의 수장답지 않은 말씀이군요."

"단지 이유를 알고 싶은 것뿐이오. 물론 사악한 마인(魔人)이나 마두(魔頭)라면 소림사가 앞장서서 척결할 테지만, 혹여 선량한 자를 핍박할 수는 없는 노릇이오."

다음 순간, 듣고 있던 낙양제일의 참술 달인인 굴화위지가 폭소를 터뜨렸다.

"흐하하하하하하!!"

광소(狂笑)가 울려 퍼졌다. 그 웃음에는 소름 끼치는

비웃음과 광기가 깃들어 있어서 귤화위지의 심정이 흐트러져 있다는 사실을 누구든지 알 수 있었다. 귤화위지는 잠시 후 웃음을 멈추더니 말했다.

"미친 소리 하네, 이 땡중이. 그냥 무공 센 마두라면, 당신이면 몰라도 우리가 왜 나서? 우린 그냥 우리 일만 하면 되는데? 오랫동안 참선만 하다 보니 대가리가 돌이 되어 버렸나, 미친 땡중이."

"시주, 무슨 소리를……."

현재 귤화위지는 절친했던 알타리의 어이없는 죽음 때문에 신경이 예민해져 있는 상황이었다. 그는 짜증 때문에 머리를 벅벅 긁으며 외쳤다.

"문어대가리라도 달렸으면 생각을 해 보라고! 이 자리에 구성천 전승자 중에서 모일 만한 놈은 다 모였다. 다들 자기 자신밖에 모르고 세상이 혈란(血亂)에 빠지든 말든 상관 안 해. 솔직히 말해서 자기 몸 하나 못 지키는 인간, 이 중에 없잖아? 방장 나으리, 당신 빼고는 천하무림 따위 상관할 바 아닌 놈들뿐이란 걸 모르는 건가? 그럼 대체 이 인원이 왜 모였다고 생각하는 거냐고?"

"……."

말투는 거칠었지만 귤화위지의 말은 굉장히 중요한 정곡을 찌르고 있었다. 귤화위지는 물론이고, 갑운애루주,

농, 요다성…… 모두가 세상일에는 관심 없는 인물들이었다. 그런데도 구성천 소집령 한 번에 득달같이 찾아왔다는 건 중요한 사실을 시사하고 있었다.

이윽고 봉신영사의 주인, 농이 목적을 말했다.

[생존(生存), 그것뿐이다.]

"생존……."

[구성천 서열 일 위가 나타나면 이 세상 땅끝으로 도망가도 결국 최후는 같다. 그건 '그런' 존재니까. 우리들 이전에 그걸 최초로 상대했던 유파의 선조들은 간신히 살아남아서 단서를 전해 준 것뿐이다.]

"……."

세상의 땅끝으로 절세고수가 도주해도 결국 죽음밖에 없다는 선언!

그건 다시 말하자면, 이 세상이 멸망(滅亡)한다는 말과 다르지 않았다. 무림(武林)이라는 세계에서 살아가면서 그런 상상은 전혀 해 본 적이 없기에, 소림사 방장은 잠시 얼떨떨함을 느꼈다.

[유사(有史) 이래 '그건' 세 번 등장했다. 그때마다 구성천 소집령이 내려졌고, 어떻게든 서열 일 위를 찾아내서 봉인을 하든가 때려죽이든가 했다. 이번엔 운 나쁘게 우리 차례인 것뿐이지.]

소림사 방장은 아연실색했다.

"아무리 그래도 그럴 수가…… 그런 무시무시한 존재가 어째서 알려지지 않았단 말이오? 그리고 구성천 전승자들끼리만 해결하는 것보다 무림 전체가 힘을 합쳐서 없애는 편이 낫지 않소?"

이 세상 누구도 숫자에는 이길 수 없다. 일당천이나 일당만이 있을 수도 있겠지만, 십만 명이나 백만 명이 몰려들면 언젠가는 반드시 이기게 될 것이다.

[이봐, 절대 그렇게 해서는 안 돼.]

그러나 농이 진지한 얼굴로 고개를 흔들었다.

[그 반대다. 많은 무림인들이 그 존재를 알고…… 구성천 서열 일 위에게 많이 접촉하기 전에 우리가 그를 지워 버려야만 한다. 비밀이 알려지면 알려질수록 우리가 그놈을 봉인하는 건 힘들어질 수밖에 없다.]

"……!!"

[나중엔 시간 싸움이라고.]

수가 많을수록 상대하기 힘들어진다는 궤변(詭辯).

"일단 자세한 설명을 들어 보십시오, 방장."

그리고 일다경 동안 구성천의 진실에 대한 설명이 이어졌다.

점차 이야기가 말도 안 되는 쪽으로 변해 가고 있었지

만, 곧이어 갑운애루주가 자세히 설명을 해 주자 소림사 방장은 납득할 수 있었다. 그리고 상황을 이해하면 이해할수록 소림사 방장의 안색은 매우 창백하게 변해 갔다.

말도 안 되는 위기 상황!

'지, 지금 이러고 있을 때가 아니군. 무슨 수를 써서라도 그놈을 찾아내서 잡아 죽여야 해! 세상에 그런 말도 안 되는 존재가 있을 줄이야……'

[크크크, 스님 얼굴에 살기(殺氣)가 엄청나군. 누가 보면 파계승인 줄 알겠어.]

소림사 방장은 농을 무시하고 진지한 표정으로 갑운애루주를 응시했다.

"아미타불. 상황은 이해했소, 갑운애루주. 구성천 서열 일 위를 잡기 위해서라면 소림사는 모든 지원을 아끼지 않겠소."

"그 말씀은 중천금(重千金)이겠지요. 지원에 감사드립니다."

"자, 시주. 이제 구체적인 방도를 말씀해 주시오."

갑운애루주는 잠시 생각하더니 어깨를 으쓱했다.

"지금 당장 우리가 해야 할 일은 없습니다. 제가 감지한 건 전조(前兆)니까, 제대로 놈이 활동하기 위해서는 최소한 오 년 이상이 필요할 겁니다. 굳이 할 일이 있다면 무림의 정보 조직을 접수하고 그들의 정보력을 최대한 손에 넣는 것입니다."

소림사 방장은 할 일이 없다는 말에 실망스러웠지만, 최대한 머리를 굴리다가 입을 열었다. 그는 무공이나 불심보다는 정치력에 밝아서 방장이 된 사람이었기 때문이다.

"강호의 정보력이라면 동창(東廠)이 삼 할, 금의위가 이 할, 개방이나 하오문이 사 할을 쥐고 있는 걸로 알고 있소. 황궁의 조직을 손에 넣지 않으면 안 되오."

"그거참, 곤란하군요. 결국은 황궁 양대 조직을 박살 내거나 그쪽 수장을 우리 편으로 만들어야 한다는 소리가 되니까요."

"……지금이라면 충분히 가능할지도 모르오."

소림사 방장은 곱지 못한 눈으로 회천공을 한차례 노려보더니 말을 이었다.

"황제 시해 이후에 황도 낙양은 거세게 흔들리고 있고, 대륙 남부와 동부에서 군벌(軍閥)들이 반란 조짐을 보이고 있소. 동창과 금의위의 전력(戰力)이 외부로 빠질수록 그들의 수뇌부와 교섭하는 건 쉬워질 것이오."

"과연 방장 대사. 명안(名案)이시군요. 후후."

갑운애루주는 짐짓 호쾌하게 웃으며 소림사 방장을 띄

워 줬다. 하지만 속으로는 약간 다른 생각을 하고 있었다.

'나도 처음부터 그 생각을 하고 있었지. 하지만 맹주 초염권성이 없는 지금, 태천맹을 쥐고 흔들 수 있는 가능성이 있는 건 당신뿐이다. 소림사 방장이라는 이름을 최대한 사용해 주셔야겠어.'

대처 방안을 아는 것과 실현하는 건 다른 차원의 문제였다. 무공만으로는 이 자리에 모인 구성천 전승자 중에서 최하에 속하는 게 소림사 방장이겠지만, 그들의 계획에 동참시키는 것만으로도 큰 이득이라고 할 수 있었다.

소림사 방장은 잠시 후 떨떠름한 표정으로 말했다.

"그런데 혹시 서장의 왕(王)인 아수라왕 일족과 천마공(天魔公)도 이 사실에 대해 알고 있소?"

"당연합니다. 저는 전승자 모두의 소재를 알아내서 직접 찾아갔죠. 모를 리는 없습니다."

"그러면 어째서 안 왔단 말인가. 이토록 중대한 일일진대……."

"……."

갑운애루주는 천마공을 만났을 때의 기억을 떠올렸다.

약 사흘 전의 일이었다. 갑운애루주는 이 시대에서 첫

손가락에 꼽히는 술법사이기에 매우 손쉽게 천궁과 오행 기관을 돌파했고, 거기에서 천마공과 그를 호위하는 십대 고수(十代高手)와 마주쳤다. 천마공은 갑운애루주가 전달한 소집령에 단호하게 대답했다.

"전승자의 의무를 다하는 당신을 자랑스럽게 생각합니다. 하지만 저는 갈 수 없습니다."

"그렇다면 부군이라도 와 주실 수 있습니까?"

"그것도 안 됩니다. 유감이지만 돌아가 주십시오."

"이미 서열 일 위가 나타난 이상 무림의 다툼은 모두 어리석은 짓입니다. 당신만 한 자가 그 사실을 모른단 말입니까?"

"알고 있습니다. 그렇기 때문에 이렇게 할 수밖에 없습니다."

이상한 대답이었다. 차라리 속 시원하게 가기 싫다고 하면 될 것을, 마치 무언가 비밀을 숨기는 듯한 말투지 않은가.

구성천 회합에 오는 일만큼은 있어서는 안 된다고 말하고 있는 듯했다.

'하긴 뭐, 천마공이 왔다면 회천공을 바로 쳐 죽였겠

지. 회천공에게는 다행인가.'

아수라왕 일족은 아예 갑운애루주를 만나 주려 하지 않았다. 그들 또한 무슨 이유에선지 타인과의 접촉을 꺼리는 듯했다. 구성천 회합의 이야기를 꺼내 봤자 번번이 거절당할 뿐이었다.

'하지만 천마공은 악인(惡人)으로 보이지는 않았다. 내 예상대로 천마공이 무림의 혼란을 주도하고 있는 거라면…… 정말 이상한 일인데.'

도리어 천마공의 눈 깊은 곳에서 정광(晶光)을 느꼈다면 이상한 말일까? 갑운애루주는 무언가 이상하게 돌아가고 있다는 생각이 들어서 골치가 아파졌다.

잠시 후, 회천공이 입을 열었다. 그는 여전히 무심한 시선을 유지하고 있었다.

"다음 검성전(劍聖戰)은 어찌할 생각이오?"

그의 말에 잠시 좌중이 침묵으로 가득 찼다. 이 침묵은 할 말이 없는 고요라기보다는 해야 할 말을 꾹 눌러 참고 있는 고봉과 같았다. 이 자리에 모여 있는 모두가 검성전의 우승(優勝)을 한 번쯤 노려볼 만한 역량을 지니고 있었기 때문이다.

검성전 우승!

그건 황제(皇帝)조차도 공인하는 천하제일(天下第
一)의 무예가(武藝家)로 인정받는다는 뜻이었다. 달리
말하자면, 자신의 유파가 최강이라는 걸 증명하는 뜻이
기도 했다. 지금까지는 계속해서 하나의 가문(家門)에
번번이 우승을 빼앗겼지만, 그 앙금은 모두에게 남아
있었다.

제일 먼저 침묵을 깬 것은 파계승, 농이었다. 그는 이
자리에 모여 있는 구성천 전승자 중에서 최고의 실력을
보유하고 있었다.

"나는 출전하지 않겠다."

뜻밖에도 그는 이번에 육합전성을 쓰지 않고 육성(肉
聲)으로 말했다. 이유가 무엇인지는 아무도 몰랐다.

"왜?"

"황제가 죽었다. 향후 십 년 내에 이 혼란이 수습되리
라고 생각하지 않는다. 그렇다면 검성전에 신경 쓰는 건
시간 낭비지."

"……."

다들 말은 하지 않았지만 농의 이야기가 그럭저럭 일
리 있다고 여겼다. 현재의 황제는 나이가 오십을 갓 넘긴
젊은 황제였는데, 그가 갑작스럽게 후계자 결정도 하지

못하고 급사(急死)해 버린 상황이었다. 모두의 심정을 대변하듯 소림사 방장이 조용히 입을 열었다.

"그렇소이다. 동창과 금의위가 범인 색출을 위해서 전무림을 이 잡듯이 뒤지고 있고, 그 와중에 태천맹과의 충돌도 일어나는 상황. 내전(內戰)이 일어날 거외다."

내전!

그 말은 틀림없이 중원 대륙 내에서 전쟁(戰爭)이 일어날 거라는 사실을 의미했다. 수천 년의 역사에서 황제의 사망은 거대한 혼란을 불러왔고, 전쟁은 필연이었다. 정보력이 넓고 깊은 갑운애루주가 희미한 미소를 띠며 보충 설명을 했다.

"황위(皇位) 계승 서열 일 위는 복룡왕(伏龍王)이고, 이 위(二位)는 광현왕(洸縣王)입니다. 복룡왕은 사천성주(四川城主)로 있고, 광현왕은 양주자사(佯州刺史). 동원할 수 있는 병력은 두 명 모두 십만여 명이 넘으니…… 천하를 가르는 대전(大戰)이 될 가능성이 높죠."

"……."

이 중에서 굴화위지는 가장 밀접한 관련이 있었지만, 이야기를 꺼내지 않았다. 자신의 안위와 관련해서 너무 민감한 문제였기 때문이다.

'그냥 다물고 있자.'

쓸데없는 말을 하는 건 관리(官吏)인 귤화위지에게 큰 약점으로 작용할 수 있었다.

도리어 활기 있게 말을 꺼낸 것은 낙일승월도의 주인인 요다성이었다. 그는 중원 남부에 살고 있었지만 평소부터 황궁 정세에 관심이 많았다. 게다가 무림의 야인(野人)이라서 거칠 것도 없었다.

"그 둘은 황제의 동생도 아니고, 그저 오촌(五寸)이나 육촌(六寸)에 불과하지 않은가?"

"하고 싶은 말이 뭐죠?"

"환명왕(渙冥王) 삼왕야 유의필(劉義祕). 호북성에 살고 있는 황제의 셋째 동생이야말로 황위에 가깝지 않겠는가."

요다성의 말은 일견 일리가 있었다. 태오에게 천산파 남룡제에게 서찰 전달을 부탁했던 삼왕야는 황위 계승 서열에 가까운 존재였다. 황제의 동생이 직접 황위 계승권을 주장하고 나서면 명분상으로는 반대할 자가 거의 없었다.

"후, 그건 아닙니다."

갑운애루주는 고개를 저었다. 그리고 차근차근 설명을 했다.

"잘 알려지지 않은 일이지만, 수십 년 전 황궁에서는

보이지 않는 암투(暗鬪)가 있었습니다. 현 황제의 둘째 동생은 그 사건에서 역모로 몰려서 죽고, 환명왕 삼왕야는 호북성으로 쫓겨났습니다. 황제가 직접 '평생 수도에 올 수 없다'는 명령을 내렸으니, 그는 금의위와 동창의 적(敵)이 되어 버렸습니다."

"흐음."

"현 판도에서 금의위와 동창을 아군으로 만들 수 없다면 누구도 황제가 될 수 없습니다. 도리어 삼왕야 유의필은 천하 누구보다도 황위에서 멀어져 있는 존재겠지요."

"그렇군. 그대의 박식함에 감탄했네."

요다성은 솔직하게 갑운애루주의 지식을 인정하며 물러났다. 갑운애루주가 가르쳐 준 정보는 특급에 속하는 기밀이었기 때문이다. 거기까지 이야기한 갑운애루주가 힐끔 좌중을 둘러보았다.

"우리는 무림인(武林人)이니 정치 이야기는 여기까지 합시다. 이 중에서 검성전에 참가하실 분이 혹시 있으십니까?"

"이봐, 그걸 왜 대답해야 하나? 대답할 이유가 없다구."

요다성의 핀잔에 갑운애루주가 고개를 저었다.

"이유가 있습니다."

"그러니까, 이유가 뭔데? 방금 자네 입으로 내전이 일어날 가능성이 높다고 하지 않았나."

"아뇨. 가능성은 높지만, 결코 내전은 일어나지 않습니다."

"엉?"

뜬금없는 말에 좌중의 눈이 휘둥그레졌다. 갑운애루주의 뚱딴지같은 말에 동요하지 않은 것은 오직 회천공 하나뿐이었다. 나머지는 다들 검성전이 열리지 않을 거라고 생각하고 있던 것이리라.

"지금 우릴 놀리는 건가?"

"그렇지 않습니다. 가능성이 높은 것과는 별개로 전쟁은 일어날 수가 없습니다. 이 혼란은 머지않아 수습될 겁니다."

최고의 정보력과 행동력, 지능을 지니고 있는 갑운애루주의 말이라면 헛소리나 농담이 아니었다. 사람들은 흥미를 가지고 대답을 재촉했다.

"이유를 말해 주게."

갑운애루주가 천천히 눈을 들어서 회천공을 뚫어져라 노려보았다.

"왜냐하면…… 이번 황제 암살을 주도한 것은 바로 금

의위와 동창이기 때문이죠."

"뭐라고?!"

다들 깜짝 놀랐지만, 회천공은 미동도 하지 않았다. 회천공의 감정 변화를 읽을 수 없자 갑운애루주는 쓴웃음을 지었다. 만만치 않은 상대라는 직감이 들었기 때문이다.

"회천공께서는 황제 암살 혐의로 전 무림에서 쫓기고 있는데, 정작 무슨 이유로 저질렀는지는 알려지지 않았습니다. 형산파 창설 이래 최고의 천재(天才)라는 평을 듣고 있는 구파일방 최고수(最高手)가 어째서 그래야 했는지…… 아무도 모릅니다."

"……"

"하나 제 생각이 맞다면 아마 회천공은 신룡전(神龍戰)을 통과해서 세상에 나온 것일 겁니다. 신룡전의 주인은 천마공과 무황령(無皇靈)이니 어떤 식으로든 회천공의 행동에 영향을 주었을 테고, 그 흑막은 틀림없이 동창과 금의위에 있습니다."

"억측이 난무하는군. 증거는 하나도 없지 않은가?"

"증거는 바로 저기 앉아 있습니다."

갑운애루주가 가리킨 것은 팔짱을 끼고 앉아 있는 회천공이었다. 회천공의 눈빛은 여전히 무심한 상태였지만, 갑운애루주의 말은 그의 심령을 충분히 뒤흔들고 있었다.

'아무리 신비의 용병 단체인 갑운애루의 주인이라지만 지략이 이 정도일 줄이야! 흡사 남룡제를 연상시킨다……'

회천공의 머릿속에는 여러 가지 상황이 그려졌다. 그림 중에는 갑운애루주를 살해하고 이 자리를 도주하는 것도 존재했다.

"회천공과 동료들은 강호에서 쫓기고 있는 상황. 자기 안위를 꾀한다면 이 자리가 무덤이 될 테니 나오지 않았을 겁니다. 왜냐하면 틀림없이 구성천 전승자의 모임이면 서열 이 위의 전승자인 천마공도 포함되니."

"그건 그렇지."

천마공의 실력은 회천공으로는 감당할 수 없었다. 아까 본인의 입으로 말한 사실이었다.

"하지만 회천공께서는 이 자리에 덤덤하게 도착했습니다. 그건 천마공이 절대 이 자리에 오지 않을 거라는 사실을 확신했다는 뜻입니다."

"어떻게 확신한단 말인가? 이 세상에서 천마공을 억제할 수 있는 존재는 거의 없는데."

"조금 다릅니다. 회천공께서는 아마 어떻게든 천마공이 '황제의 죽음'에 관여했다는 사실을 확신했을 겁니다. 이 자리에 천마공이 도착하면 바로 그 사실을 폭로해 버

릴 테니 천마공이라고 해도 구성천 전승자의 합공을 받고
싶을 리는 없을 거라고 생각한 거겠죠. 당연한 말이지만
천마공의 수족(手足)은 금의위와 동창입니다."

"……."

요다성, 농, 귤화위지, 소림사 방장의 얼굴이 딱딱하게
굳었다. 갑운애루주의 말이 워낙 논리정연했기 때문에 순
식간에 상황이 이해된 것이다.

"황제 시해를 금의위와 동창이 주도했다면, 지금 범인
을 찾아다니는 건 그저 시늉에 불과하다는 거군. 어떤 목
적인지는 모르겠지만, 도리어 회천공이 잡히지 않기를 바
랄지도 모르고 말이야."

"뭐, 그런 셈이겠죠. 당연한 말이지만 혼란을 주도한
게 그들이라면, 내전이 일어나는 건 그들이 막아 버릴 겁
니다. 십 년 후의 검성전은 반드시 열리게 되겠지요."

"크으, 제기랄. 복잡해. 그놈들은 뭐가 아쉬워서 황제
를 죽여야 했단 말이냐?"

요다성의 투덜거림에 갑운애루주가 슬며시 웃었다.

"그건 저로서도 알 도리가 없습니다. 확실한 것은 회
천공은 동창과 금의위의 음모에 말려들었다는 사실이지
요."

"아미타불."

소림사 방장이 나직이 불호를 외우며 대화에 끼어들었다.

"갑운애루주의 말이 옳은 듯하오. 하지만 그 모든 것은 심증일 뿐, 증거는 하나도 없소이다. 본인이 말을 꺼내지도 않았고, 천마공이나 동창, 금의위에 직접 이야기를 듣지도 못했소. 섣불리 회천공에게서 경계를 풀 수는 없소."

"아아, 그렇군요."

건성으로 대답하면서 갑운애루주는 속으로 소림사 방장을 비웃었다.

'노회한 너구리 같으니. 속으로는 벌써 혐의를 풀었으면서…… 일단은 명분 때문이라도 회천공을 쉽사리 놔주지 않겠다는 말이군.'

불도의 수장이 정칫속과 이득 교환에 밝으니, 과연 옳은 일이란 말인가. 갑운애루주는 속으로 씁쓸함을 느끼면서도 감정을 드러내지 않으며 말했다.

"그건 알아서 하십시오. 일단은 이제부터 십 년 후에 검성전이 개최된다는 전제하에 이야기하겠습니다."

"음, 그렇게 하시오."

"자자, 이 중에 검성전에 출전하실 분이 있으시다면 거수해 주시기 바랍니다."

본론으로 들어왔다. 공기가 다시 무거워졌지만, 아까와는 분위기가 다소 달랐다. 속으로 다들 새로운 사실을 머릿속에 정리하고 자신이 해야 할 일을 생각하는 분위기였다. 약 반 각의 침묵이 흐른 후, 천천히 거수 투표가 이루어졌다.

갑운애루주는 신중하게 좌중을 둘러보았다.

"더 이상 의견 표명은 없으십니까? 다섯 셀 동안에 변경점이 없다면 이대로 행동하시는 걸로 알겠습니다."

"……."

변경은 없었다. 갑운애루주는 고개를 끄덕이며 말했다.

"결론이 났습니다."

"아아."

"이 자리에 모인 구성천 전승자는 모두 십 년 후의 검성전에 출전이군요."

전원 거수(全員擧手).

서열 사 위, 축록경의 회천공.

서열 오 위, 낙일승월도의 요다성.

서열 육 위, 봉신영사의 농.

서열 칠 위, 육합천괘의 갑운애루주.

서열 팔 위, 본국삼절의 귤화위지.

서열 구 위, 아라한신권의 소림사.

서열 사 위 이하의 모든 전승자가 출전하는 건 전례가 없었다. 무려 여섯 명의 초절고수가 출전하면 판도가 완전히 달라질 것이다.

지금까지 구성천 전승자들은 검성전이 열려도 굳이 참가하려 들지 않았다. 서열 이 위의 절세무공인 무상천마를 이긴다는 보장도 없거니와, 구성천 전승자라는 게 알려지면 강호에서 활동할 때 피곤해지기 때문이다. 간간이 변덕으로 참여하는 경우도 있었지만, '그 가문'의 벽을 넘을 수는 없었다.

하지만 이번엔 달랐다. 다들 각자의 무예 역량이 최전성기에 이르렀다는 사실을 실감하고 있었고, 무황령의 무공이 더 이상 높아지기 전에 끝장을 봐야 한다는 강박감이 있었다. 천하제일의 칭호는 무림인이라면 누구라도 빼앗고 싶은 가치가 있었다.

갑운애루주가 묘한 눈으로 회천공을 보았다.

"의외군요, 회천공. 지금은 당신이 세상의 시선을 돌리는 미끼 역할이라서 천마공이 놔주고 있지만…… 검성전에 참가하면 당신은 필사(必死)할 겁니다. 그래도 참가하시려는 겁니까?"

"내 생각을 굳이 그대에게 설명할 이유는 없소. 하나 구성천 전승자의 회합에서 함부로 거짓을 말할 수는 없는 노릇. 내 나름의 성의라고 생각하시오."

"후후, 재밌군요."

갑운애루주의 환한 웃음을 보자 도리어 회천공이 소름 끼쳐 했다. 어떠한 정보도 제공하지 않으려고 침묵으로 일관했는데, 그 모든 침묵을 뚫고 단번에 사건의 진상에 도달해 버린 엄청난 지혜(知慧)! 도저히 인간의 것으로 볼 수 없을 정도였으며, 보유한 정보력도 매우 뛰어나다는 사실을 실감할 수 있었다.

'어쩌면 이 사내는…… 향후 무림에서 소광검마(小狂劍魔) 태오(太烏) 이상으로 태풍을 불러올지도 모른다.'

그때가 되면 자신은 어떻게 대처해야 하는가.

회천공의 머릿속에는 복잡한 버섯구름이 피어올랐지만, 곧 무심(無心)의 상태로 되돌아갔다. 지금 중요한 것은 눈앞의 현실이며, 동료들의 안위(安慰)였다. 지금은 도리어 갑운애루주가 진실을 구성천 전승자들에게 알려 준 것에 대해 감사를 표해야 하는 입장인 것이다.

"……고맙소."

"무슨 말씀인지 모르겠군요."

갑운애루주는 시치미를 뗐다. 회천공은 그걸로 충분하다고 생각하며 말을 이었다.

"그럼 귀하들의 무운(武運)을 빌겠소."

회천공이 등을 돌리자 시선이 모였다. 구성천 전승자의 회합이라서 황제 시해 혐의라고 해도 공격하지 않고 있었지만, 회합이 끝나면 얘기가 달랐다. 누구든지 간에 회천공을 쳐서 목을 얻어 낼 수 있는 것이다. 하지만 회천공은 살기에 반응하지 않고 초상승의 경공으로 자리를 이탈했다.

휘잉.

시종일관 듣는 입장이던 귤화위지가 흠, 하고 턱을 쓸더니 말했다.

"죄송하지만 저도 이만 가 보겠습니다. 명색이 관의 녹을 먹고 있는 입장인지라 지명 수배된 반역도의 도주를 놔둘 수는 없습니다."

"뭐, 그렇겠군. 잘해 보십시오."

귤화위지는 자리에서 일어서면서 힐끔 소림사 방장을 흘겨보았다. 소림사 방장은 모른 체 시선을 회피했다. 암묵적으로 함께 추적하기를 요구한 셈이지만 모르는 척해 버린 것이다. 귤화위지는 히죽거리며 핀잔을 날렸다.

"소림사 방장께서는 엉덩이가 무겁구려."

"아직 회합에서 할 이야기가 남았소. 그리고 낙양제일의 참술 명인의 솜씨를 믿소."

"흥, 속에도 없는 소릴 하시긴."

파앗!

말이 끝나자마자 귤화위지도 그 자리에서 흔적도 없이 사라졌다. 회천공에 뒤지지 않는 초상승의 경공이라 모여 있던 모든 전승자들이 솜씨에 감탄했다.

"훌륭하군."

"두전성이(斗轉星移)의 보법인가?"

이 중에서 귤화위지의 나이가 가장 어렸는데, 실력이 결코 만만하지 않은 것이다. 요다성이 감탄 어린 눈으로 귤화위지의 뒷모습을 좇다가 중얼거렸다.

"하지만 혼자서는 힘들 거요. 회천공은 혼자가 아니라 비슷한 실력자 두 명과 함께 있으니, 귤화위지의 무공이 뛰어나도 회천공을 어찌할 순 없겠지."

"꼭 그렇진 않습니다."

"흠?"

"귤화위지가 진심으로 나서면 충분히 가능한 일이지요."

"허허, 그 청년의 무공이 그렇게 대단한 경지에 이르러 있다는 말인가?"

요다성이 황당한 듯 반문했다. 무공이 초상승의 경지에 이르면 반박귀진(反樸歸眞)의 형상을 띠게 되어서, 겉으로는 무공을 익힌 티가 나지 않는다. 하지만 구성천 전승자쯤 되면 다들 그 경지를 뛰어넘었기 때문에 서로 간의 무위는 대충이나마 알아볼 수 있었다. 요다성이 보기에 귤화위지의 실력이 자신의 안목에서 본체를 숨길 정도는 아니었다.

갑운애루주가 고개를 저었다.

"아닙니다. 좀 더 단순합니다."

"그러면?"

"귤화위지 또한 혼자가 아니란 말이죠."

*　　　*　　　*

파아앗!

회천공은 인적 없는 밤중의 야산을 초상비(草上飛)로 날듯이 달리다가 뒤에서 쫓아오는 기척을 느꼈다. 아마 자신이 구성천 회합을 빠져나오는 것과 거의 동시에 추격해 오는 듯했다. 기운은 매우 빠르고 은밀해서 결코 자신에 뒤지는 실력이 아니란 것을 직감할 수 있었다.

'본국삼절의 전승자 귤화위지군. 그 청년은 만만한 상대가 아닌데…….'

귤화위지는 회합 내내 별다른 말을 하지 않았지만, 그러면서도 중요한 내용은 모두 경청했다. 속내를 깊게 숨기고 있어서 의도를 읽을 수 없으니 껄끄러운 상대일 수밖에 없었다. 게다가 낙양 최고의 검술을 보유하고 있으니 잘못 걸리면 뜻밖의 낭패를 볼 가능성이 높았다.

하지만 그것은 회천공이 굴화위지를 두려워한다는 뜻이 아니었다. 그저 귀찮은 상대일 뿐, 실제로 일대일로 겨루면 회천공이 이길 가능성이 훨씬 높았다. 신룡전의 연옥에서 보냈던 시간은 결코 만만하지 않았다.

'어쩔 수 없군. 생각보다 경공이 빨라.'

당초에는 약 이백여 장(丈) 정도의 거리 차이가 있었지만, 채 반 각도 안 되는 사이에 팔십여 장까지 거리가 줄어들었다. 회천공이 적당히 달리는 것에 비해서 굴화위지가 최선을 다해서 경공을 펼친다는 뜻이었다. 이대로라면 떨치는 일이 귀찮고 힘들 게 빤했기 때문에 회천공은 멈춰서 이야기를 해야 할 필요성을 느꼈다.

타앗.

회천공의 몸이 허공 삼 장 높이에서 수초간 멈추더니, 마치 계단이라도 있는 것처럼 서서히 나뭇가지에 내려앉았다. 이어서 굴화위지가 어둠의 야산에 도착해서 나뭇가지 위에 서 있는 회천공을 올려다보았다.

굴화위지는 팔 장 거리에서 내공을 돋우어서 똑똑히 말했다.

"회천공! 황제 폐하 시해와 역모 내란 혐의로 이 자리에서 체포하겠소!"

"이상한 일이군."

"뭐가 이상하단 말이오?"

회천공은 여전히 팔짱을 풀지 않은 상태였다. 그는 차갑게 귤화위지를 내려다보았다.

"관리라는 입장은 둘째 치고, 자네는 귀찮은 일을 싫어하는 성격으로 알고 있었는데."

"흥, 날 알면 얼마나 안다고."

스릉.

귤화위지는 코웃음 치더니 허리춤의 검을 빼 들었다.

"경고는 한 번뿐이오. 투항한다면 내공을 폐하고 정성을 다해 관가로 끌고 가겠소."

"자네의 정성이 두렵다네."

"보기보다 상냥한 남자요."

"알 게 뭐지."

파앙!

두 사람의 잡담이 이어지다가 갑자기 폭음(爆音)이 울렸다. 귤화위지가 은밀하게 장력(掌力)을 날렸고, 회천공이 암격을 눈치채고 기공(氣功)으로 상쇄시켜 버린 것이다. 무음무형(無音無形)의 격공장은 강호에서 흔히 볼 수 있는 게 아니었기에 회천공은 감탄했다.

적어도 일 갑자의 공력이 담겨 있었다.

"자네 장법 솜씨도 쓸 만하군. 차라리 관리 그만두고 세상에 나와서 유파를 창설하는 게 어떤가? 자네라면 구파일방을 십파일방(十派一邦)으로 만들 수도 있을 걸세."

농담이나 헛소리를 하는 게 아니었다. 회천공은 진심으로 귤화위지의 실력을 높게 평가하고 있었다.

일파(一派)의 종사(宗師) 급!

귤화위지는 이미 자신의 무공을 완벽하게 이해하고 새로운 경지를 향해 나아가고 있는 진정한 달인(達人)이라는 의미이기도 했다. 귤화위지는 회천공의 말에 조소를 날렸다.

"내가 뭐가 아쉽다고 그딴 쓰레기에 합류를 하오? 구성천 앞에서 구파일방 따위는 그저 허세꾼일 뿐이지."

"음…… 뭐, 맞는 말이네만."

회천공은 귤화위지의 자부심에 동의했다.

구파일방이라는 명칭이 생겨난 건 근 삼백여 년 내의 일이었다. 하지만 구성천의 역사는 반만년이 다 되어 가는 실정이었으니 이름값이라면 도리어 구성천 쪽이 높았다. 귤화위지는 더 이상의 대화를 나누기 싫다는 듯 고개를 저었다.

"이제 됐으니 슬슬 제대로 하시오. 안 그러면 시체도 제대로 못 남길 거요."

"그런 걱정까지 해 주는 건가? 보기보다 상냥하단 말은 맞군."

"천만에. 시체가 너덜너덜하면 포상금을 받기 힘들잖소."

말이 끝나는 순간이었다.

본국삼절(本國三絶) 이절(二絶), 신라(新羅).
백파(百派) 교검현란(較劍眩亂).

동이(東夷) 땅에 존재하던 일백 개 부족에서 지니고 있던 고유한 무술의 흐름을 광검의 형상으로 펼쳐 내는 비기(秘技)!

그 안에는 태오도 감당하지 못하고 뒤로 물러설 수밖에 없던 무지막지한 공격력을 보유하고 있었다.

콰과과광!

수백 개의 광검이 찰나의 순간에 피할 공간도 주지 않고 내리꽂혔다. 아무런 예고 없이 극초속의 광검이 공간을 찢어발기니, 말 그대로 순살(瞬殺)로 보였다. 보통 강호에서 절정고수 급으로 불리는 이들은 귤화위지의 이 한 수에 시체도 못 남기고 죽곤 했다.

쉬리릭.

하지만 회천공은 달랐다. 백파 교검현란이 펼쳐지는 순간, 이미 형산칠응보(衡山七鷹步) 뇌둔(雷遁)을 사용해서 피해 있었고, 다섯 번째 검격이 가해지는 순간 귤화위지의 옆구리에 천뢰장(天雷掌)을 날린 상태였다. 귤화위지도 반격을 감지하고 근접 공간에서 회천공과 초수를 나누었다.

까가가강!

회천공이 전신에 공력을 돋우자 맨손인데도 쇠 튕기는 소리가 났다. 귤화위지의 광검에는 금강석도 잘라 버리는 절삭력이 깃들어 있었지만, 축록경에 의해 증폭된 기력은 회천공의 몸에 가공할 방어력을 부여했다. 말 그대로 금강불괴를 뛰어넘어서 연혼불괴의 경지에까지 이른 것이다.

퍼엉!

퍼버버벙!

다시 한 번 두 사람이 절초를 나누자 재차 허공에 폭발이 열두 번이나 일어나더니, 밤하늘이 하얗게 밝아졌다. 삼 장의 거리를 두고 두 사람의 절세무인이 마주 보며 살기를 일으키자 마치 일대가 살육 공간으로 변한 것만 같았다.

귤화위지가 혀를 찼다.

"끌끌, 역시 축록경이군. 이런 말하긴 그런데, 내 광검(光劍)은 금강불괴도 종잇장처럼 자르는 거요."

회천공이 퉁명스럽게 대답했다.

"허, 금강불괴가 뭐가 대단하다고 그러나? 금강 따위는 천지간 용맥(龍脈)의 힘에 비하면 아무것도 아닐세."

"뭐, 자연력(自然力)을 끌어 쓰는 축록경이라면 그런 말을 할 자격이 있죠."

구성천 서열 사 위, 축록경.

회합에 모인 구성천 전승 무예 중에서는 가장 높은 서열을 차지한 무공이었다. 구성천 전승자끼리의 우열은 무공의 서열에 비례하는 게 아니었지만, 사실 약간씩의 차이는 있었다. 말석인 아라한신권은 그저 독특한 공능 때문에 구성천에 속해 있을 뿐, 서열 사 위 축록경에 비할 바도 되지 못했다.

축록경의 진실된 공능은 바로 자연력의 흡인기(吸引技)였다. 목(木), 화(火), 토(土), 금(金), 수(水)의 오행(五行)뿐만 아니라 태강, 소강, 태유, 소유의 사상(四象)마저도 끌어서 쓰는 게 가능했다.

원래는 상단전(上丹田)을 열고 인간을 초월한 자에게
만 허락된 힘이었지만, 축록경의 소유자는 경지가 딸려도
자연력을 끌어 쓰는 게 가능한 것이다. 그래서 태생부터
사기적인 무공인 무상천마나 멸겁윤회를 제외하고는 가
장 강력하다고 볼 수 있었다.

'그렇다고 해도 말이지…… 아까부터 내 십성(十成)
공력을 모두 쓰고 있는데 여유로워 보이는걸.'

귤화위지는 자신보다 회천공의 무위(武威)가 높다는
사실을 인정했다. 실제로 겨뤄 보면 반수나 한 수 차이가
날 것이다. 운이 좋으면 이길 수도 있겠지만, 그전에 귤
화위지가 죽을 가능성이 높았다. 일단 축록경의 무시무시
한 절대방어를 뚫지 못하면 공격 자체가 성립되지 않는
것이다.

"에이, 할 수 없지."

"물러갈 텐가?"

"그럴 리가요. 이쪽은 다구리를 치겠단 말입니다."

따악.

귤화위지가 손가락을 튕기자 갑자기 정체불명의 기운
이 감돌았다.

"아니?!"

회천공은 지금까지 전혀 느끼지 못했던 강력한 기(氣)

가 나타나자 당황하면서 뒤로 물러섰다. 하지만 그때는 이미 세 명이 삼재진(三才陣)의 형상으로 회천공을 포위한 상태였다. 회천공이 미처 자세를 잡기도 전에 세 명의 고수는 재빠르게 합공을 펼치기 시작했다.

삼원벽력진(三元霹靂陳).

두 사람이 손바닥을 마주치더니 남은 손으로 장력을 뿜어내고, 나머지 한 명은 곤(坤)의 방위에서 검강을 날렸다. 공격 하나하나는 피해 내기 용이한 것이었지만, 공격의 흐름이 세 개씩이나 되는지라 회천공은 쉽사리 막거나 피해 낼 수가 없었다. 결국 회천공은 전신에 자연의 기운을 응축해서 막아 내는 수밖에 없었다.

꽈광!

강력한 기파가 충돌하면서 개천이 용솟음치고 땅거죽이 뒤흔들렸다. 회천공은 먼지구름 사이에서 상처 하나 없었지만, 안색이 좋지 않았다.

'음, 보통 실력자들이 아니다……'

하나하나의 실력은 회천공보다 훨씬 뒤떨어졌지만, 세 사람이 합공을 하면 결코 만만히 볼 수 없었다. 약점을 메꾸면서 철저하게 회천공을 공략하려는 태도로 나오면 회천공으로서도 골치 아팠다. 굴화위지가 말했다.

"능수(陵守) 육천위(六天衛). 아무리 축록경이라도 육합천강벽력진(六合天降霹靂陣)을 멀쩡하게 상대할 순 없을 겁니다."

쉬쉬쉭.

말이 끝나기 무섭게 또다시 세 사람의 절정고수가 충원되었다. 총 여섯 명의 절정고수는 육합의 방위를 짜고 회천공을 포위하고 있었다. 한 사람이라면 가볍게 물리칠 수 있겠지만, 진형을 짜게 되니 그 어떤 철벽보다도 두려운 존재가 되어 있었다.

회천공이 좌중을 둘러보다가 말했다.

"흠, 들어 본 적이 있네. 굴화위지에게는 수족이 되어서 움직이는 자들이 있으니 낙양의 어떤 문파도 자네에게 무례를 범하지 않는다고 했지. 그 금기를 깬 박룡문(璞龍門)이 흔적도 남기지 않고 멸망했다고 하더군."

"쓸데없는 일을 잘도 아시네요."

굴화위지는 아무렇지도 않은 듯 대답했지만, 사실은 소름 끼치도록 무서운 비사(秘事)였다.

낙양 박룡문은 문도 수가 이백 명이 넘고, 절정고수를 서너 명 이상 보유한 강력한 문파였다. 태천맹에서도 큰소리를 칠 수 있을 정도였고, 낙양 바깥의 구파일방에도 종종 비견되곤 했다.

그런데 삼 년 전, 뜬금없이 박룡문의 문도가 모조리 하룻밤 만에 살해당하고 문주와 장로들이 시체로 발견된 사건이 생겼다. 사람들은 박룡문의 멸문을 이상하게 생각했지만, 진실을 아는 자들은 함구했다.

우연히 박룡문주가 왕릉을 지키던 귤화위지에게 욕설과 모욕을 가했고, 귤화위지는 다음날 능수육천위라 불리는 여섯 절정고수와 함께 박룡문을 공격한 것이다. 흔적도 남기지 않고 멸문당해 버렸으니 태천맹에서도 후환이 두려워서 섣불리 진실을 입에 담지 못했다.

'다시 말하자면, 눈앞의 일곱 명이 힘을 합치면 구파일방 하나의 전력과 다름이 없다는 뜻이지.'

회천공은 긴장할 수밖에 없었다. 만일 귤화위지와 능조육천위의 소문이 사실이라면, 이들의 합공을 혼자 당해 내는 건 자살행위였다. 잘해 봤자 양패구상일 확률이 높았기에 이 자리에서 목숨을 걸 각오를 해야만 하는 것이다.

축록경.

오행윤회(五行輪回).

쿠구구구.

회천공이 수(水)와 토(土)의 기운을 끌어모으며 장검을 빼 들자, 강렬한 뇌전(雷電)이 검끝에 맺혔다. 그가 익힌 형산파의 무공은 주로 뇌(雷)의 기운을 다루고 있었기에 회천공이 검을 휘두르면 상대는 번개에 익어서 새까맣게 타 죽기 일쑤였다. 회천공이 전력을 다한다는 사실을 알아챈 귤화위지가 이마의 땀을 닦았다.

"쳇, 그렇게 순순히 당하진 않겠다는 겁니까?"

"자네 같으면 목을 내놓겠나? 난 살아야 할 이유가 있네."

"이유가 뭔지나 들어 볼까요?"

회천공이 진지한 얼굴로 말했다.

"아직 조카 딸아이 결혼식을 못 봤네."

"……."

귤화위지의 표정이 기묘하게 변했다. 마치 웃음을 참다가 억지로 근육이 뒤틀린 듯한 표정이었다. 하지만 회천공은 전에 없이 진지하게 자신의 생존 이유를 설명하기 시작했다.

"이 나이가 되면 아이들 재롱이 전에 없이 귀엽지. 사실 제자 놈보다 더 귀여워. 나는 그 아이를 위해서라면 목숨도 내놓을 수가 있다네."

"그거…… 진심으로 하는 말입니까? 약점 잡아 버리면 그만인데."

귤화위지가 어이없다는 듯 반문했다.

"할 수 있으면 해 보게. 하지만 그땐 자네도 결코 무사하지 못할 거야."

회천공의 말에는 뼈가 담겨 있었다. 귤화위지는 뚫어져라 회천공의 눈을 응시하다가 한숨을 쉬면서 자신의 광검을 기(氣)로 환원시켰다. 그와 동시에 절정고수 능수육천위들도 기운을 되돌렸다.

"그만합시다."

휘이이이.

"허어!"

놀라운 일이었다. 능수육천위가 공격 자세를 풀자, 그들은 마치 처음부터 존재하지 않은 것처럼 바람에 가루가 되어서 흩날린 것이다. 가루가 되어서 흩날리던 능수육천위들은 귤화위지의 장검 손잡이로 모조리 빨려 들어가 버렸다. 도술이나 환술(幻術)로밖에 볼 수 없는 광경이라서 회천공은 굳어 버렸다.

귤화위지는 별것 아니라는 듯이 말했다.

"이자들은 인간이 아니라 환마(幻魔)입니다. 제 의지에 반응해서 그 모습을 드러낼 수 있고, 제 능력에 비례

해서 강해지죠. 본국삼절 전승자만이 손에 얻는 수호자(守護者)입니다."

"놀랍군. 자네가 더 강해지면 능수육천위의 힘은 가히 엄청나게 될 걸세."

"마음에도 없는 소리 하시긴. 정말 두려우면 그런 소리는 안 할 거 아닙니까?"

"……"

굴화위지는 한 번 핀잔을 주고는 자신의 검을 허리춤에 집어넣었다. 아까와는 달리 집어넣는 착음도 울리지 않아서, 완벽하게 전투 의지를 거두었다는 사실을 알 수 있었다. 굴화위지는 희미한 눈으로 회천공을 바라보았다.

"어디서 진심이 아니란 걸 알아챈 겁니까?"

"그야, 자네는 내가 보인 허점을 공격하지 않았으니까."

회천공은 일부러 방금 전의 전투에서 다섯 개의 치명적인 혈도를 드러냈다. 하지만 굴화위지는 허점을 간파했으면서도 공격하지 않았다. 회천공은 거기서 굴화위지가 진심이 아니라는 사실을 알아챈 것이다.

"맞습니다. 그쪽과 진심으로 싸울 생각은 없어요."

회천공이 팔짱을 꼈다.

"내 실력을 시험해 보고 싶던 모양인데, 본론이 있으

면 말해 보게."

"별거 없습니다. 그냥 당신을 통해서 천마공(天魔公)의 실력을 가늠해 보고 싶었습니다."

"음, 그렇군."

회천공은 굴화위지의 의도를 이해하고 침음성을 흘렸다.

천마공은 서열 이 위 무상천마의 전승자이며, 검성전의 우승자이다. 현 무림에서 천하제일에 가장 가까운 무인(武人)이며, 금의위의 실질적인 주인이기도 했다. 그런 천마공의 실력은 철저하게 장막에 가려져 있어서 극소수의 인간만이 그 실체를 본 적이 있는 것이다.

'말해 주는 편이 낫겠지.'

회천공은 잠시 고민하다가 말했다.

"내 실력으로는 천마공의 백초지적(百招之敵)에 불과하네. 축록경의 오행방어(五行防御)로는 무상천마의 천마무형검(天魔無形劍)을 막아 낼 수가 없었네. 하물며 그가 백팔마황윤회를 쓰면 시체도 못 남기고 죽겠지."

"그 정도입니까? 인간이 아니군요."

"무황령은 그보다 두 배는 강할 걸세. 그자는 반인반선(半人半仙)이야."

"……."

굴화위지는 내색하지 않았지만, 속으로는 기가 질려하고 있었다.

'역시 그 가문은 괴물들뿐이군…….'

눈앞의 회천공만 해도 본신의 실력이 태천맹의 천룡육신군을 몇 배나 뛰어넘는 진정한 고수였다. 구성천 회합에서도 회천공을 쓰러뜨릴 만한 인물은 거의 없었다. 그런 회천공으로서도 천마공을 감당할 수 없다면, 천마공은 이미 혼자서도 십만대군(十萬大軍)을 상대할 수 있는 고수라는 뜻이었다.

일개 인간의 힘이 수만 명의 군대를 뛰어넘는다!

이미 남룡제나 북룡제가 보여 준 바 있던 경지지만, 그게 서른도 되지 않은 젊은 무인이 이룬 진경이라고 생각하면 경악스러운 일이었다. 어쩌면 천마공이 마음만 먹으면 태천맹 정도는 하룻밤 만에 지도에서 사라질지도 몰랐다.

굴화위지가 수상쩍다는 듯 말했다.

"이해가 안 되는군요. 그 정도 능력이면 귀찮게 황제를 죽이거나 할 것도 없이 그냥 수도를 무력(武力)으로 장악해도 되지 않습니까? 어째서 천하를 혼란에 빠뜨리는 건지……."

하물며 그들은 동창과 금의위의 수장이었다. 이런저런

눈치 볼 것 없이 모든 황족을 멸절시키고 새로운 왕조를 출범시켜도 무리가 없을 정도였다. 귤화위지의 물음에 회천공은 고개를 절레절레 저었다.

"나도 알 수가 없네. 사실 우리 셋도 천궁(天宮)에 들어갈 때까지는 천마공의 의도를 짐작도 하지 못하다가 남룡제가 깨우쳐 준 덕분에 안목이 트인 것일세."

"남룡제가?"

"그는 뭔가 천마공이나 무황령의 비밀에 대해서 알고 있는 듯했네. 지금은 죽었을 테지만…… 그자가 검성(劍聖)과 관계 있다는 소문은 사실인 듯했어."

"으음……."

스스스스.

서서히 회천공의 몸이 안개처럼 변해 갔다. 실제로는 신법의 변화가 칠성(七星)의 방위에 따르기 때문에 웬만한 안력으로는 분간할 수가 없는 경지였다. 회천공은 사라지기 전에 마지막 전음을 귤화위지에게 남기고 갔다.

[태오(太鳥)를 찾아보게. 그는 왠지 태풍의 핵이 될 것 같아…….]

귤화위지는 머리를 좀 더 돌려 보기로 마음먹었다.

'태오라?'

자신과 겨루어서 승리한 애송이의 이름이다. 귤화위지는 자신이 진정으로 태오에게 패배했다고는 생각하지 않았다. 태오는 분명히 귤화위지보다 두 수는 아래였고, 반쯤은 갖고 노는 정도였다.

　하지만 갑작스럽게 구성천의 무공을 각성하더니, 기묘한 강력함을 발휘하며 자신을 찍어 누른 것이다. 그 때의 변화는 아무리 생각해도 비상식적이라서 위화감을 느꼈다. 귤화위지는 잠시 생각하다가 결단을 내렸다.

　소광검마 태오를 찾는다.

　그건 틀림없이 꼬여 버린 현재 무림을 풀어 나갈 실마리가 될 것이다.

3.
협유곡주

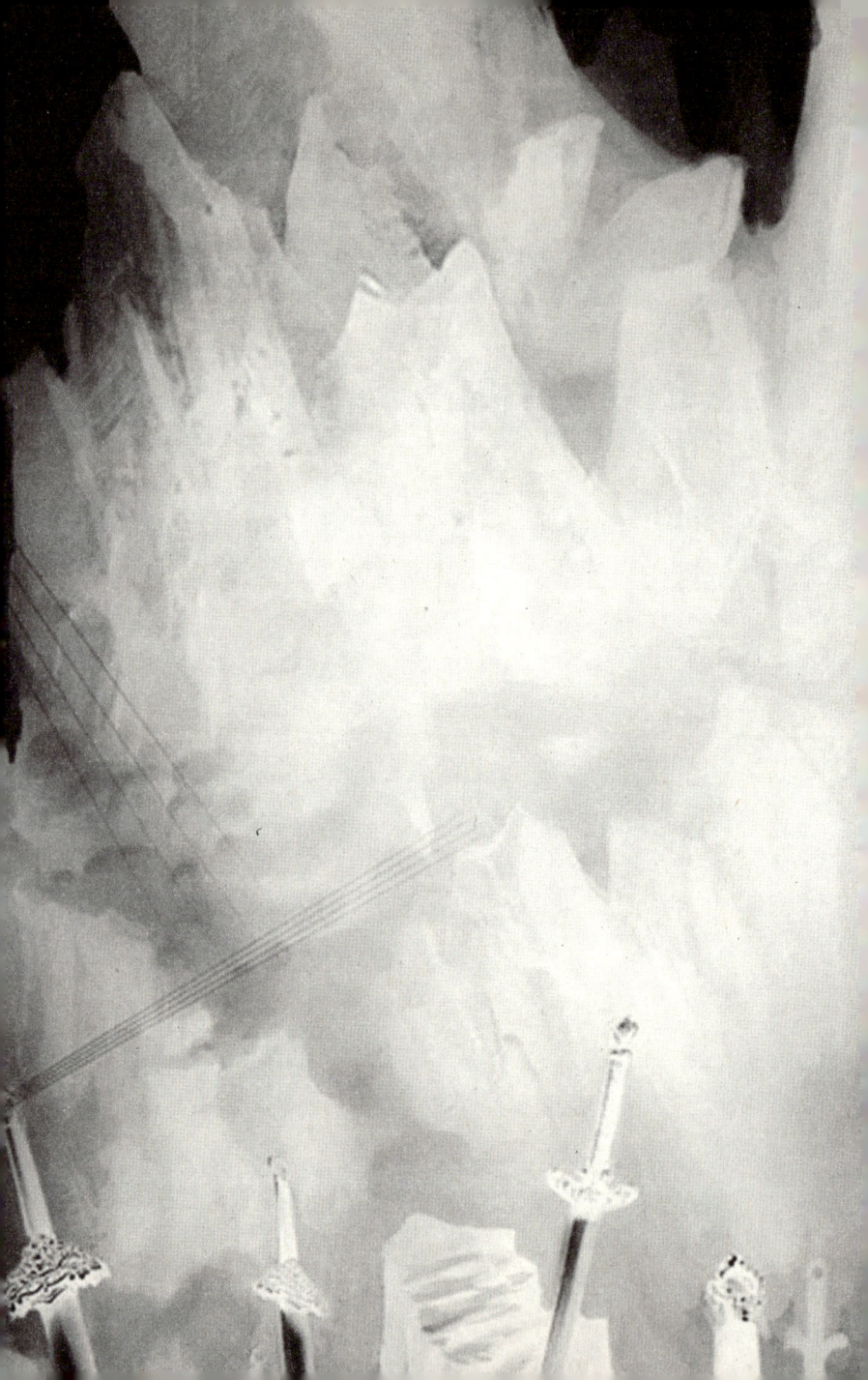

나, 태오가 협유곡이 위치한 단애산(斷崖山)에 도착한
것은 그로부터 칠 주야가 지난 후였다. 나는 단애산 초입
부터 자욱하게 깔려 있는 안개를 보고 기가 질려서 중얼
거렸다.

　"이게 바로 오리무중(五里霧中)이군. 일 장 밖도 잘
안 보여."

　"여긴 원래부터 이런 곳이었어요."

　진영화는 익숙한 듯, 모닥불 위에 걸어 두었던 고구마
(甘藷)를 뒤집었다.

　'아침 식사를 저걸로 때우려는 건가?'

녀석은 고구마를 굉장히 좋아했는데, 남방 왜인들의
땅에서 유래한 작물이란 것도 개의치 않는 듯했다. 특유
의 맛이 달아서 그럴지도 몰랐다.

"그런데 산 이름은 왜 단애산이야?"

"소협은 정말 궁금한 게 많으시군요."

진영화의 말은 비아냥이 아니라 순수하게 질려 하는
눈치였다. 하긴 내가 여행을 시작하고 모르는 게 있으면
사소한 것이라도 진영화에게 물어봤으니 그럴 만했다. 읽
은 거라고는 기본적인 글자 책과 무협 소설밖에 없으니
아는 상식이 적을 수밖에 없는 것이다. 나는 지식에 목말
라하는 편이었다.

"귀찮으면 대답 안 해도 돼."

"아뇨. 이 산은 잔도(殘道)가 굉장히 험하고 깎아지른
곳이 많아요. 그래서 종종 사람들이 길을 가다가 떨어져
죽곤 하기 때문에 단애산이란 별명이 붙었어요."

"겁나게 위험하군. 하긴 안개가 짙으니 보통 사람들은
목숨을 걸어야겠어."

"게다가…… 단애산의 협유곡 근처에는 진법(陳法)이
펼쳐져 있거든요."

"진법?"

나는 뜻밖의 말에 진영화를 힐끔 쳐다보았다. 지금까

지 현상금 사냥꾼이나 별의별 날파리를 쫓으면서 오는 도
중에 그런 말은 한마디도 안 한 것이다. 진영화는 잘 구
워진 고구마 껍질을 벗기며 대답했다.

"제가 기억하기론 팔문금쇄진(八門金鎖陳)과 혼원일
기진(混元一氣陳)을 혼합한 일대 절진(一代絕陳)이었어
요. 진법의 조예가 깊은 자가 아니면 길을 헤매다가 지쳐
서 죽게 된다고 해요."

나는 진영화의 말에 비아냥거렸다.

"남 얘기 하는 것처럼 말하지 마. 지금부터 우린 저길
뚫고 가서 협유곡주랑 만나야 된다고."

"아, 그렇네요."

"그렇네요는 무슨……."

나는 황당해서 투덜거렸다. 이 진영화라는 여자는
매우 지식이 깊고 똑똑한데 가끔씩 한 군데 나사가 빠
진 것처럼 행동했다. 분명히 자기 일인데도 자기 일이
아닌 것처럼 행동하는 태도 때문에 속이 터지는 것이
다.

'아마 귀한 집안의 여식 아닐까? 자기 힘으로만 헤쳐
나올 상황이 적었으니까, 위기가 왔을 때 능동적으로 행
동하기 힘든 거겠지.'

그건 아마 귀족이라 불리는 모든 사람들의 공통점일

것이다. 태어날 때부터 고귀한 신분이었으므로 몸뚱이 하나 믿고 세상을 헤쳐 나가는 평민들과는 달랐다. 나는 왠지 모를 씁쓸함을 느끼면서 그 자리에 걸터앉았다.

풀썩.

"아무튼 간에 중요한 건 당신이 진법을 뚫을 수 있느냐는 거야."

"음, 생각 좀 해 보구요. 진법은 배운 지 오래돼서."

"천천히 해 봐. 음?"

엉덩이에 감각이 왔다.

나는 깔고 앉아 있는 허접한 무인이 꿈틀거리는 걸 느끼며 주변을 둘러보았다. 사방에는 널브러진 병장기와 무림인들의 잔해가 있었다.

"멍청이들은 다 때려눕혀서 당분간 시간이 있으니까."

방금 전까지 약 오십 명의 현상금 사냥꾼과 일류 무림인들이 덤벼드는 바람에 한 식경 동안 싸웠다. 그래서 한 명도 죽이지 않고 대충 땅바닥에 눕혀 놓은지라 여유가 있는 것이다. 더러 실력이 좋은 놈들은 직접 수혈(垂穴)을 짚어 놓기까지 했다.

나는 고구마 냄새를 맡으며 투덜거렸다.

"젠장, 이놈들은 내가 죽이질 않으니까 안심하고 쳐들

어오는 건가? 이렇게 약해 빠진 놈들이랑 드잡이질하는 것도 질렸어."

"우움, 소협이 대단한 거예요."

진영화는 고구마를 우물거리다가 삼키고는 마저 말했다.

"칠 주야 전의 습격자들보다 숫자와 실력 모두 늘어났어요. 이 사람들 중에서 제가 일대일로 이길 만한 사람은 한 명도 없었으니, 전부 '호랑이'보다는 강하다고 보면 되잖아요?"

"그깟 호랑이."

진영화가 애매하게 웃었다.

"아하하, 소협은 이미 평범함의 범주에서 벗어났다는 사실을 늘 자각하세요. 보통 일류 무림인이라도 호랑이를 만나면 긴장한다구요."

할 말이 없었다. 내 나이 또래의 어떤 무림인이 호랑이를 고양이처럼 여길 것인가. 갑작스럽게 너무 강해져 버리니까 심심해서 투덜거리는 점도 있었다. 나는 고구마 한 개를 화덕에서 꺼내서 집어 먹으며 말했다.

"그러는 너도 이제 호랑이 한 마리 정도는 잡잖아? 호녀(虎女) 같으니."

"여자한테 못하는 말이 없네요."

"니가 여자냐? 웃기는 소리 하지 말고 무공 실력이나 늘려."

"……."

진영화는 억울한 듯, 희한한 듯한 눈빛이 공존한 채 나를 응시했다. 약간의 호기심도 느껴져서 부담스러웠다.

'이 녀석은 예화랑은 성격이 달라서 적응이 안 돼.'

예화와 진영화의 공통점은 매우 똑똑하고 예쁘다는 것이었다. 하지만 예화와 달리 진영화는 상당히 날이 서 있고 날카로우며, 무엇보다도 눈동자 깊은 곳에 어둠을 감추고 있었다. 그건 진영화가 아직까지 나를 신용하지 않고 있다는 사실과 일맥상통할 것이다.

강호에 나온 이래로 별별 고생을 하며 지내다 보니까 이젠 사람의 눈치 살피는 건 도사가 되어 버린 나였다. 진영화가 품고 있는 감정이 결코 단순한 호의가 아니란 건 쉽게 눈치챌 수 있었다.

어쩌면 협유곡에 들어가는 순간, 나를 배신하고 함정에 빠뜨릴지도 몰랐다.

'뭐, 그건 그때 일이지.'

도리어 기대가 되기도 했다. 지금까지 진영화를 호위하며 오는 일은 시시하기 짝이 없었기 때문에 본능적으로 어려운 시련을 기대하는지도 몰랐다. 잠시 후, 고구마를 다 베어 먹은 진영화가 희미한 산봉우리를 응시했다.

"소협, 한 번 올라가 봐요. 파해법은 팔괘(八卦)에 따라서 통과하다가 마지막에 생문(生門)을 바꾸는 거니까, 저를 잘 따라오시면 쉽게 통과할 수 있을 거예요."

"팔괘라……."

진법은 공부한 적이 없는지라 뭔 소린지 알아듣지는 못했다. 아무튼 진영화가 협유곡으로 데려다 줄 수 있다는 말이었으므로 나는 그녀와 함께 산을 오르기 시작했다.

저벅.

말 그대로 구름이 발밑에 휘감겨 있는 느낌이었다. 바로 앞에 있는 사람조차도 육안으로 보이지 않을 정도였으므로 나는 육감까지 일깨워서 사방을 감지해야만 했다. 육안의 시력을 강화시키면 희미하게나마 육 장 바깥까지 보였지만, 내공이 소모되어서 그만두었다.

진영화는 뒤에서 내 손을 꼭 붙잡고 조심스럽게 걸었다. 그러더니 내게 말했다.

"소협, 혹시 주변이 넓은 공터인가요?"

"맞아. 여긴 좀 넓군."

아닌 게 아니라 지금까지는 산길이 매우 좁아서 한 사람이 간신히 걸을 수 있을 정도였다. 그렇게 걷다 보니 열 명이 앉아 있을 정도의 공간이 등장한 것이다. 진영화가 고개를 끄덕이더니 말했다.

"소협이 서 있는 위치에서 동북쪽으로 계속 가 주세요. 이걸로 팔괘의 첫 괘문(卦門)을 통과했습니다."

"흠."

나는 진영화의 말을 들으면서 차분하게 걸었다.

다섯 개의 괘문을 통과하기까지는 고작해야 한 식경밖에 걸리지 않았다. 산이 의외로 낮은지라 산길도 그리 길지 않은 듯싶었다. 여섯 번째 괘문을 통과할 즈음은 안개가 많이 개어서, 이제는 삼 장 바깥도 보일 정도였다.

"어이, 거의 다 온 거냐?"

"아직 두 개의 괘문을 더 통과해야 하죠."

"궁금한 게 있는데, 괘문을 잘못 통과하면 어떻게 되는 거야?"

"그건…… 하아, 하아……."

진영화는 뭔가 설명하려다가 가쁜 숨을 몰아쉬었다. 벌써 체력이 떨어져 버린 것이다. 나는 그 자리에 멈춰 섰는데, 진영화가 미안한 기색으로 말했다.

"죄, 죄송해요, 소협……. 굉장히 소협의 걸음이 빨라서……."

"응? 그런 건가?"

"네에……. 조금만 천천히 가 주세요……."

"뭐, 잠깐 한 식경만 쉬었다 가자구."

"아, 안 돼요!"

내가 진영화를 배려해서 쉬자고 제안하자, 도리어 그녀가 기겁했다. 내가 의아한 표정으로 바라보자 진영화는 땀에 젖은 얼굴로 고개를 도리도리 저었다. 마치 고양이 같은 눈빛이었다.

"진법은 반 시진(時辰)을 기준으로 변화하게끔 되어 있어요. 너무 많이 쉬어 버리면 다음 괘문의 출구를 찾기가 어려워져요……."

"네가 천천히 가자며?"

"천천히 가더라도…… 멈춰서는 안 돼요……. 진법의 방해물로 인식이 되면, 괘문이 제멋대로 바뀌어 버릴 위험이 있어요."

"흠, 그렇군. 심오한데?"

나는 얼떨떨한 기분을 느끼며 고민했다. 아무리 그래도 진영화는 벌써 체력이 한계로 보였다. 걸어왔다고는 하지만 나도 모르게 상승(上乘)의 신법을 운용해서 왔기 때문에 진영화의 수준으로는 쫓아오기 힘들었던 것이다.

이대로 끌고 다니다가는 파김치가 된 산송장을 보게 될지
도 모르는 노릇이었다.

'쳇.'

결국 나는 앉아서 등을 모로 대었다.

"……뭐죠?"

진영화가 물끄러미 내려다보자 나는 힐끔 뒤돌아보았
다.

"어부바."

"…….."

"농담하는 거 아니니까 업혀. 그냥 업고 다닐 테니까."

"소, 소협은…… 힘들지 않은 건가요?"

"안 힘드니까 그냥 업혀."

무공을 익히지 않은 상태였다고 해도 그럭저럭 견딜
만한 수준이었다. 원래부터 농사일을 하면서 자랐으므로
체력은 꽤 자신이 있었다. 하물며 내공이 초절정의 경지
에 이른 지금은 진영화 정도는 거뜬히 업고 다닐 수 있는
것이다.

나는 킥킥 웃으며 말했다.

"설마 백 관들이 항아리보다 무거운 건 아니겠지?"

"……!!"

진영화의 얼굴이 새빨갛게 변했다. 분노와 수치심을

느끼는 듯했다. 나는 괜히 놀렸다고 생각하며 급히 다독여 주었다.

"아아, 농담이야. 그런데 정말로 업고 다니는 편이 나으니까 어서 업히라고."

"……이상한 데 만지면 안 돼요."

"별걱정을 다 하시네."

잠시 후, 진영화는 포기한 듯 내 목에 팔을 감고 업혔다. 엉덩이를 잡기가 뭐한지라 나는 그녀의 허벅지 쪽을 단단히 매어 쥐고는 빠르게 걷기 시작했다. 거의 깎아지를 듯이 험한 길이었지만 나는 날듯이 뛰었다.

휘잉거리며 귓가에 날리는 바람이 상쾌했다. 가볍게 산을 오르는 느낌이라서 기분이 좋기까지 했다. 진영화는 무서운지 내 목을 강하게 팔로 옥죄다가 말했다.

"자, 잠깐만요! 방금 깃발이 있었죠!"

나는 고개를 끄덕였다.

"있었지."

"멈춰서 다시 깃발로 돌아가 보세요. 그 깃발에서 마지막 괘문을 찾아야 해요."

깃발은 청홍색 수실이 길게 늘어뜨려져 있는 황색(黃色)이었다. 독특하게도 태극과 팔괘가 공존해 있는 형태였다. 진영화는 뚫어져라 깃발을 쳐다보다가 망설임 없이 서쪽을 가리켰다.

"이쪽이에요. 감(坎)의 방위니까, 여기만 통과하면 마지막 관문이 나올 거예요."

"마지막 관문에도 깃발이 달려 있을까?"

"아니에요. 거기엔 사람[人]이 기다리고 있던 걸로 기억해요."

사람?

나는 이렇게 험한 산에 사람이 버티고 지킨다는 게 수상쩍어서 고개를 갸웃거렸다. 실제로 지키는 사람이 존재한다고 해도 진법을 지키면서 밤낮없이 대기한다는 건 있을 수 없는 일이었다. 진영화는 걱정스러운지 내게 충고했다.

"조심하세요. 그곳은 힘으로 뚫을 수 있는 곳이 아니니까요."

"그런 말 하면 더 힘으로 뚫고 싶어지잖아."

"괜한 말을 했네요. 꺅!"

진영화가 화들짝 놀랐다. 내가 뛰어가다가 허벅지를 세게 누르자 아파서 놀란 듯했다. 그녀는 다리를 후들거리다가 복수라도 하려는 듯 내 목을 꽉 눌렀다. 그러고는 화난 듯한 목소리로 말했다.

"살살 잡아요."

"무섭잖아."

진영화가 새된 목소리로 외쳤다.

"뭐라구요?!"

"농담이야."

나는 킥킥 웃으면서 달렸다. 왠지 모르게 진영화는 자꾸만 놀리고 싶어져서 이런저런 장난을 치게 되었다. 예화와 지낼 때는 겪어 보지 못한 감정이라서 기묘한 기분이 들었다. 점차 여자를 대하는 태도가 달라지는 것 같았다.

잠시 후, 예화가 말한 사람[人]이 눈에 보였다. 이제 안개는 모두 걷히고 시야가 정상으로 돌아와 있었다. 길도 험난하지 않고 완만한 평지에 넓은 공터라서 이제야 좀 쉴 만한 곳이라는 생각이 들었다.

문제는 '사람'의 형상이었다. 분명히 평범한 문사(文士) 차림을 하고는 있는데, 얼굴이 매우 기괴했다. 얼굴은 온통 새까만 흑색인데다가 눈, 코, 귀, 입이 존재하지 않고 뻥 뚫린 구멍이었다. 도저히 인간이라고 볼 수 없는 흉상(凶相)이라서 나는 나도 모르게 입을 막았다.

뭐, 저런 인간이 다 있지?!

'괴물이다.'

내가 속으로 놀라고 있을 때 등에 업혀 있던 진영화가 귓가에 대고 속삭였다.

"저건 술법으로 만들어진 환수(幻獸)인 혼돈(混沌)이에요. 인간의 힘으로 공격하면 모조리 반사하는 성질이 있기 때문에, 혼돈이 내는 문제에 대답해야 지나갈 수 있어요. 함부로 무시했다가는 저주받아요."

"검강이나 어검술이나…… 뭐, 그런 것도 안 통한단 말이야?"

내 물음에 진영화가 고개를 끄덕였다.

"그건 모두 인위(人爲)의 기(氣)로 만들어진 거잖아요. 여기는 현실 세상과 다른 법칙(法則)이 존재하는 곳이기 때문에 거기에 맞춰 줘야 해요."

"……."

술법이란 건 신기하군. 여기를 나가면 한 번 배워 볼까?

나는 잡생각을 하다가 천천히 '혼돈'에게로 다가갔다. 혼돈은 내가 일 장 앞에 올 때까지 아무런 반응을 하지 않다가, 충분히 말소리가 들릴 만한 거리까지 오자 그제야 웅웅 울리는 목소리로 말했다.

[그대는 협유곡을 어째서 방문했는가?]

"그건……."

내가 선뜻 대답하려고 하는 순간, 등에 업혀 있던 진영화가 내 뺨을 꼬집었다. 틀림없이 대답하지 말라는 뜻이라서 침묵하자 진영화가 대신해서 입을 열었다.

"우리는 계곡의 주인을 해치지 않습니다. 이름을 걸고 맹세합니다."

이름이라니, 무슨 맹세인 건가?

[좋다…….]

쿠르릉.

나는 어리둥절했지만 뜻밖에도 '혼돈' 이라 불린 괴인은 진영화의 대답에 만족하는 듯 몸을 떨었다. 잠시 후, '혼돈' 은 품속에서 천천히 웬 두루마리 족자를 꺼냈다. 두루마리 족자를 쫙 펼치자 거기에는 아무것도 쓰여지지 않은 백지(白紙), 그 자체가 있었다.

[사람이 오래된 달을 가지게 되면 어떤 일이 생기게 되는가?]

"……?"

수수께끼인 건가?

나는 무슨 뜻인지 생각해 보았지만, 잘 답이 나오지 않았다. 내가 그 자리에 서서 멍하니 있자 이번에도 등에 업혀 있던 진영화가 말했다.

"천하가 혼란스럽게 됩니다."

[정답이다……. 지나가라…….]

쉬리리리릭!

혼돈은 그 말이 끝나자마자 홀연히 사라져 버리고 말았다. 내 시력으로도 전혀 간파하지 못했으니, 말 그대로 소멸(消滅)이었다. 술법의 기괴함에 감탄하고 있을 때, 서서히 주변 광경이 변하면서 운무가 완전히 걷히고 하늘에서 태양빛이 쏟아지는 것을 알 수 있었다.

나는 간만에 보는 맑은 태양빛을 받으며 진영화를 등에서 내려놓았다. 충분히 체력이 회복된 것 같았기 때문이다.

"아, 더 업어 주지 않으시나요?"

방금 전까지 내 등에 업히는 걸 그렇게 질색하더니 지금은 왠지 아쉬운 기색이었다. 나는 이해를 할 수 없어서 고개를 절레절레 저었다.

"이젠 걷자구."

그렇게 약 한 식경을 걷고 있을 때였다.

"저기 말이야."

내가 입을 열자 진영화가 돌아보았다.

"네?"

"아까 했던 두 개의 문답은 대체 무슨 뜻이야?"

"그거 말인가요."

"궁금해서 지금까지 생각하고 있었다구."

진영화는 앞으로 천천히 뒷짐을 지고 걸어갔다. 걸음걸이에 여유가 있는데다가 일정한 법칙이 있어서, 그녀가 받은 특수한 교육 중의 하나일 거라고 예상했다. 역시 귀한 집안의 자제인 게 틀림없는 것이다.

"첫 번째 문답은 어떤 대답을 하든 '혼돈'이 되묻게 되어 있었어요."

"어떻게?"

"계곡의 주인을 해치지 않겠다고 약속하겠는가, 라고요."

나는 이해가 될 것 같았다. 술법으로 만들어진 환수가 그렇게 되묻는 이유라면 역시 시전자의 안전을 도모하기 위해서일 것이다. 적어도 진법을 뚫고 협유곡에 들어오는 자는 결코 협유곡주를 죽여서는 안 된다.

"그렇군. 거기에 동의하지 않으면 어떻게 되는데?"

"강제로 진법의 첫 번째 괘문(卦門)으로 다시 옮겨져요. 물론 괘문의 출구도 전부 달라져 버리고요. 동의하지 않으면 도착할 때마다 무한 반복이죠."

"동의하면?"

"다시 질문을 하죠. '이름을 걸고 맹세하겠는가?' 라고요."

"그게 무슨 의미가 있지?"

"여긴 술법으로 만들어진 특수한 진형이에요. 그리고
술법에서 '이름[名]'이란 건 굉장히 특별한 의미가 있죠.
이름을 걸고 맹세한 사실을 어기게 되면 그 사람에게 저
주의 반동이 날아오게 됩니다."

"저주라니……."

술법이라는 걸 제대로 접해 본 적이 없는 나였기에 진
영화의 설명은 뜬구름 잡는 느낌이 들었다. 저주에 걸리
면 두려운 일이 생긴다고 듣긴 했지만, 그게 뭐 어떻다
는 말인가. 내가 알쏭달쏭한 표정을 짓자, 진영화가 말
했다.

"무림인들은 상단전(上丹田)을 열어서 개화하면 신선
(神仙)의 경지에 오른다고들 하잖아요."

"아, 사부가 그런 말 했지."

성구몽 사부가 짧은 기간 동안에 나를 가르치며 술법
에 대해서도 짤막하게 얘기한 적이 있었다. 가능하면 높
은 수준의 술법사와는 싸우지 말고, 싸우게 되면 전력을
다해서 죽이라는 충고였다. 그 설명을 하는 도중에 상중
하단전의 묘용에 대해서 설명했던 기억이 났다.

"술법이란 건 중단전과 하단전보다는 상단전에 가까운

힘이라서, 도가(道家)에서 입신(入神)이라는 경지에 오르지 않으면 통상적인 무공으로 막아 내는 게 불가능해요. 저주에 걸리게 되면 소협이 지닌 내공 수위와 상관없이 상식으로 이해 불가능한 저주가 직접 몸에 덮쳐 오게 되는 거죠."

"어떻게 말이야?"

"팔이 굽거나 눈이 멀거나 몸이 꽈배기가 되거나 할 수도 있죠."

"우, 우와…… 뭐, 그런 게 다 있어?"

나는 황당해서 그만 입을 쩍 벌렸다.

지금 나는 천하무림에서 두려운 자가 몇 없는 초절정의 경지에 올라 있었다. 그런데 고작 몇 가지 조건을 어겼다는 이유로 저주를 받으면 반항할 수가 없다니! 술법이란 게 그렇게 무서울 줄은 생각도 못해 본지라 나는 당황했다. 진영화는 조심스럽게 말했다.

"협유곡주가 많은 무림인들의 원한을 사고 있으면서도 멀쩡히 살고 있는 건 이 진법 덕분이에요. 맹세를 해야 들어갈 수 있는데, 맹세를 하면 협유곡주에게 해를 입힐 수가 없는 거죠."

"죽이지만 않으면 되잖아."

"해치지 않는다는 표현에는 모든 공격적인 해가 되

는 행동이 포함돼요. 결국 손끝 하나도 댈 수 없는 거
죠."

나는 진영화의 대답에 수상쩍은 기분이 들었다. 물론
진영화가 지금 거짓말을 하고 있다는 생각은 들지 않지
만, 어쩐지 너무 자세하다는 생각이 들었다. 마치 협유
곡주 본인에게서 직접 들었거나 그 상황을 본 것만 같았
다.

"어떻게 그런 것까지 알고 있는 거지?"

"……전 어렸을 때 봤으니까요."

진영화가 몸서리를 쳤다.

"협유곡주에게 복수를 하겠다고 찾아온 무림인이 검
을 휘둘렀는데, 맹세를 어긴 대가로 즉시 저주를 받았어
요."

"어떻게 되었는데?"

"사람의 형상이 아니었어요. 협유곡주는 '그것'을 불
에 태워서 소각했지요."

"……."

저주. 무공과는 다른 영역이다. 나는 어쩐지 두려운 기
분이 들었다.

'그 말대로라면 협유곡주가 나를 공격하더라도 나는
협유곡주에게 손을 댈 수 없다는 말이 아닌가?'

너무 불리했다. 하지만 이미 맹세를 해 버린 마당이라, 나도 저주의 대상에서 예외가 될 수 없을 것이다. 결국 잘해 봐야 목숨을 걸고 양패구상인데, 협유곡주와 동귀어진하는 건 아무리 생각해도 손해였다.

진영화가 활짝 웃었다.

"하지만 괜찮아요! 협유곡주가 무슨 짓을 하려고 해도 그냥 계곡에서 나가 버리면 맹세가 무효화돼요. 나가는 사람을 붙잡을 힘은 없어요."

"믿어도 되는 거냐?"

"외출 금지까지 할 수 있었다면, 협유곡주는 저를 붙잡아서 무슨 짓이든 할 수 있었을 거예요. 무서운 일이죠."

아이고, 그러신가요.

나는 그만 피식 웃었다. 진영화가 너무 자신감에 차 있었기 때문이다.

"네네, 고귀하신 분. 굉장한 건 알겠지만, 일단은 가기나 하자고."

"……."

"아니, 그렇게 노려봐야 내가 해 줄 말이 없는데……."

나는 히죽거리면서도 진영화가 굉장히 자기 편한 대로 생각한다는 걸 느꼈다. 진영화의 신분이 얼마나 높은지 몰라도, 사람은 상황이 바뀌면 언제든지 '무엇이든' 할 수 있는 생물이었다. 진영화의 자신감에 근거가 없다는 걸 알게 되니 지금 가는 길이 저승길이 될지도 모른다는 생각이 들었다.

'그래도 어쩔 수 없지. 한 번쯤은 만나 봐야 했어.'

태월하 장로도 내게 극심한 부상을 입는다면 협유곡으로 찾아가라고 했다. 적어도 태월하 장로는 알아서 죽으러 가는 길을 가르쳐 줄 사람은 아니었다.

이런저런 생각을 하고 있을 때였다. 태양빛이 쏟아지는 언덕 구릉을 넘자, 확 트여 있는 구릉과 조그마한 마을이 눈에 띄었다. 마을의 크기는 약 삼십여 호(戶) 정도일까. 내가 살던 마을과 비슷한 수준이었다. 나는 힐끔 마을 중앙에 세워져 있는 커다란 전각을 쳐다보았다.

"저기에 협유곡주가 있겠군."

"네. 여기는 잔협촌(殘俠村)이라고 해요."

저벅.

언덕길을 내려올수록 전각이 커 보였다. 높이는 오층 정도였는데, 수도 낙양에 있던 거대한 전각에 비할 바는 되지 않았다. 하지만 창살과 문틈마저도 시커멓게 옻칠이 되어 있어서 알 수 없는 중압감을 가져다주었다. 흑탑(黑

塔)이라 불러도 될 정도였다.

마을 입구에 다다르니 청수한 외모의 백의(白衣) 장년인이 서 있었다. 장년인은 삼 장 밖에서 물끄러미 나를 응시하더니 말했다.

"올 거라곤 생각했지만 정말로 올 줄은 몰랐군, 소광검마(笑狂劍魔)."

내 정체를 알고 있었다. 하지만 얼굴 표정은 변화 없이 장년인에게 반문했다.

"당신이 협유곡주요?"

"나는 그저 잔협촌의 촌장(村長)일 뿐일세. 협유곡주는 탑 꼭대기에 있지."

"음……?"

나는 약간 황당한 표정을 지었다.

지금 나는 무예의 경지가 한도 끝도 없이 높아져 있는지라 자세나 기세만 보고도 상대방의 강함을 얼추 알 수 있었다. 백의 장년인의 무공은 적게 잡아도 일류 고수이며, 어쩌면 지방에서 몇 찾아볼 수 없는 진정한 절정고수(絕頂高手)일지도 몰랐다. 지금의 나로서도 십여 초 이내에 쓰러뜨리는 건 힘들어 보였다.

이런 인물이 운무 진법 안에서 은거하고 있다니! 잔협촌이란 곳은 설마 은거고수 집단이란 말인가. 내가 침묵하고 있자 잔협촌장이 싸늘하게 말했다.

"자네도 혼돈에게 맹세를 하고 왔겠지? 그렇다면 협유
곡주를 만나러 온 것인가?"

"나는 지금 그에게 그다지 볼일이 없소. 이 아가씨 쪽
이 협유곡에 몸을 의탁하고 싶은 듯하군."

"호오, 절세미녀(絶世美女)가 이런 외지까지 쫓겨 오
다니. 보통 사정이 아닌 듯싶군."

짐짓 비꼬듯이 말한 백의 장년인이었지만, 진영화에게
딱히 음심(淫心)을 품은 것처럼 보이지는 않았다. 그의
신경은 처음부터 끝까지 내게만 고정되어 있었다. 진영화
도 그걸 알고 있는지 무섭다기보다는 경계하는 표정이었
다. 나는 팔짱을 꼈다.

"그다지 시간을 낭비하고 싶지 않소. 협유곡주를 만나
고 싶은데, 어떻게 하면 되오?"

"자네는 협유곡주가 어떤 인물인지 알고 찾아온 것인
가?"

"잘 모르오. 강호에 알려진 바가 없는 사람인지라."

"흐음, 그렇다면 돌아가는 것을 추천하고 싶군."

촌장은 껄끄러운 표정으로 뒤편에 있는 오층의 흑탑을
쳐다보았다. 그 표정에는 애증이 섞여 있어서 그가 딱히
협유곡주에 호의가 없다는 사실을 알 수 있었다.

"그자는 색(色)에도, 권력에도, 무(武)에도 관심이 없고, 오직 술법에만 미쳐 있는 괴물일세. 강호의 떠돌이를 거두어 주긴 하지만 제멋대로이고 내킬 때마다 살인도 서슴지 않네. 섣불리 이 마을에서 분란이 일어나는 걸 보고 싶지 않군."

"꽤나 협유곡주를 잘 알고 있는 듯한 말투인걸?"

"그는 내 친구일세. 나는 지금 그를 도와서 잔협촌을 운영하고 있지."

거기까지 말한 촌장은 품속에서 한 자루 섭선을 꺼내서 나를 겨누었다. 특별한 신병이기(神兵異器)도 아니었는데 섭선 끝에 맺힌 살기(殺氣)가 빛살처럼 쏘아져서 내 인중에 날아들었다. 나는 정제된 살기를 기세로 견뎌 내면서 상대방의 수준을 파악했다.

'예상했던 것보다 강하군. 지룡전…… 아니, 천룡육신군 바로 아래 수준.'

절정과 초절정의 경계에 서 있다고 예상됐다. 싸우면 이길 수는 있겠지만, 꽤나 힘든 싸움이 될 게 빤했다. 강호 전체를 통틀어도 오십 위에 너끈히 들 만한 이런 절정 고수를 만날 줄은 몰랐다.

"소광검마 태오, 돌아가 주게. 내 임무는 잔협촌의 평화를 지키는 것일세."

"……내가 소광검마란 별호를 얻은 건 꽤나 최근의 일
인데 잘 알고 있군. 세상과 고립된 절진(絕陳)에서 어떻
게 정보를 얻은 것이오?"

"자네에게 말해 줄 이유는 없네."

차갑게 대답한 촌장이 힐끔 진영화를 쳐다보았다.

"아마도 그 아가씨를 의탁하러 온 것 같지만, 불가(不
可)하다네. 나는 그 아가씨의 진짜 정체를 알고 있고, 협
유곡주도 마찬가지야. 살인마(殺人魔)라면 사지(四肢)를
잘라서라도 인성을 교화시키겠지만, 그녀는 예외일세. 우
리 능력을 벗어나는 존재야."

"뭐?"

나는 촌장의 대답에 황당함을 느꼈다. 촌장의 실력을
보면 확실히 강호의 웬만한 고수라도 감당할 만하니 자신
감이 이해가 됐다. 하지만 무공에 있어서는 갓난아이 걸
음마 수준에 불과한 진영화를 두려워하다니, 이게 무슨
말이란 말인가. 눈앞의 촌장은 설령 수도의 귀족 출신이
라고 해도 무서워할 인물이 아니었다.

바로 그때였다.

휘리리리릭.

[잠깐 기다려!]

암운(暗雲)이 일어났다. 밝은 햇살이 내려쬐던 대나무

숲에서 뭉게뭉게 솟아오르던 시꺼먼 안개는, 이윽고 잔협 촌장 곁에서 인영(人影)처럼 변했다. 암운은 마을 중앙에 있던 흑탑 정상에서 뿜어져 나오고 있었다. 그 신비스러운 광경을 쳐다보고 있자니 곧 구름이 사람의 육체로 변했다.

스스스.

촌장 옆에 서 있는 자는 백의의 촌장과는 정반대로 사람의 시야를 빨아들일 듯한 현의(玄衣)를 입고 있는 병약한 인상의 소년(少年)이었다. 나이는 잘해 봐야 나보다 두세 살 많을 듯했고, 마치 여자아이처럼 여린 외모를 하고 있었다.

현의소년은 품속에서 담뱃대를 꺼내더니 나를 가리켰다.

"네가 명왕(冥王)의 밑에서 수련한 아해(兒孩)냐? 그것부터 말해라."

무공이 거의 느껴지지 않았다. 정확히는 눈앞에 보이지만 존재하지 않는 것 같은 묘한 기척이었다. 상대가 술법(術法)의 고수일 거라고 생각한 나는 섣불리 덤벼들지 않고 천천히 대답했다.

"명왕이 누군지는 모르지만, 내 사부 중 한 분께서 내게 위급한 일이 생기면 협유곡의 길상(吉床)을 찾아가라고 하셨소. 나와 협유곡의 인연은 그 정도인 것 같소만."

"호오, 그 말을 한 자가 누구냐?"

"태월하."

나는 이어서 말했다.

"수선불락(水仙不落)."

주춤.

태월하와 수선불락을 말하자 촌장과 현의소년의 안색이 눈에 띄게 달라졌다. 곤혹스럽기도 하고 놀란 듯한 표정이었다. 현의소년은 자신의 당황을 감추려고 하는지 담뱃대 끝에 불을 넣으며 이마를 긁었다.

"으음, 예상 밖인데⋯⋯. 설마 그 녀석들이 진심으로 제자를 받았다는 말인가?"

"그럴 거요, 사형."

백의촌장이 다소 격앙된 목소리로 답했다.

"내가 알기로 장강사신(長江死神) 태월하는 진짜 후계자가 아니면 우리에게 가 보라고 할 사람이 아니오."

"음, 그렇겠군."

현의소년이 침음성을 흘리더니 침묵했다. 백의촌장도 뭔가 깊이 생각하는 듯한 기색이었다. 나는 이야기를 듣던 중에 답답해져서 말했다.

"지금 당신들끼리 무슨 소릴 하는 거요? 그래서 진영화를 협유곡에 받아들여 줄 수 있다는 거요, 없다는 거요?"

현의소년은 담뱃대로 커다란 죽순을 두들기며 말했다.

"태월하가 나에 대해서 다른 설명을 하지는 않던가?"

"당신이 누군데 말이오?"

"내가 바로 길상(吉床)이다."

"뭐라고?"

나는 어이없어서 반문했다. 현의소년이 보이는 대로의 나이가 아닌 건 알겠고, 술법의 고수라는 것도 짐작할 수 있었다. 그런데 설마 이 녀석이 태월하 사부가 말했던 협유곡의 조력자라니.

현의소년이 한숨을 내쉬었다.

"소개가 늦었군. 내가 바로 협유곡주(俠儒谷主) 길상이며, 옆에 있는 건 내 사제인 백종인(栢鍾刃)이다. 네가 태월하의 소개로 왔다면 내칠 수가 없겠구나."

"무슨…… 아니, 사형과 사제라면 당신 쪽이 나이가 많은 게 정상 아니오? 어째서 그렇게 어린 모습인 거지?"

내가 궁금한 점을 질문하자, 협유곡주 길상이 쓴웃음

을 지었다.

"무상천마(無常天魔)의 부작용이다. 하여간 자세한 설명은 좀 있다 해 주지."

휘리릭.

길상이 손을 내젓자 갑자기 대나무 숲이 새하얗게 변하더니, 백죽(白竹) 더미가 되었다. 희게 변한 대나무들은 곧 쪼개어지더니 비단길처럼 변해서 바닥에 깔렸다. 만들어진 길은 저절로 움직이더니 우리들을 오층 탑의 정상까지 옮겨 주었다.

"오오!"

도저히 현실에서는 불가능해 보이는 광경이라, 나는 멍하니 발밑이 허공을 누비는 걸 쳐다보며 놀랐다. 세상에 술법이란 걸로 이런 일도 할 수 있단 말인가.

우리 네 명이 전각의 정상에 도착하자 전각의 창문이 저절로 열려서 안으로 걸어 들어갔다. 안은 바깥에서 쳐다볼 때보다 너댓 배는 넓은 듯한 공간이라서 장정이 수백 명이 서 있어도 될 정도였다.

풀썩.

방 한가운데에 있던 호피(虎皮) 의자에 걸터앉은 협유곡주 길상은 턱을 괴며 진영화를 쳐다보았다.

"간만에 뵈오, 화영공주(華英公主). 어릴 적에 뵈었을 때와는 많이 달라지셨군요."

화영공주?!

설마 황제의 딸이란 말인가!

내가 깜짝 놀라서 진영화를 돌아보자, 그녀는 입술을 꽉 깨물고 있었다. 무언가 분한 듯한 표정이기도 했고, 그러면서도 머릿속에 생각이 많아 보였다. 한참 후에야 진영화, 아니, 화영공주가 말했다.

"협유곡주, 본녀(本女)를 도와주세요. 아바마마께서 역적들에게 살해당하셨습니다……."

뺨에 눈물방울이 흐르는 걸 보니 감정을 억제하기 힘든 듯했다.

그랬구나. 그래서 진영화로 있을 때는 바깥세상을 거의 모르고 황궁에서 재빨리 나가려고 했던 거구나. 나는 흥미진진해지는 상황이라서 숨을 죽이고 협유곡주와 화영공주를 한 번씩 쳐다보았다. 하지만 협유곡주는 생각할 가치도 없다는 듯 손목을 저었다.

"그 얘긴 나중에 하지요. 그다지 중요한 일이 아니니까요."

"뭐, 뭐라고!!"

"기다려 보십시오."

화영공주가 기가 막혀서 뭐라고 외치려고 했지만, 협

유곡주가 이번에는 나를 뚫어져라 쳐다보며 말했다.

"소광검마 태오, 네가 유극문 출신이라고 들었고, 십 년 내 천하를 가장 떠들썩하게 만든 어린 괴물이라고 알 고 있다. 태천맹 현판도 박살 낸 거 같지만, 그건 별로 중요한 게 아니고."

협유곡주는 상체를 앞으로 쓰윽 내밀더니 호기심 어린 목소리로 말했다.

"네 스승은 누구냐? 장강사신 태월하냐?"

의외로 대답하기 곤란한 질문이었다. 강호의 상례로 비춰 볼 때, 제자는 여럿일 수 있어도 스승은 여럿일 수 가 없었다. 함부로 다른 스승을 모신다면 어떤 문파에서 도 중벌로 다스리는 게 일반적이었다. 하지만 나는 좀 특수한 상황이었으므로 괜찮을 거라고 생각하고 대답했 다.

"유극문의 성구몽 장로님께 사사했고, 태월하 장로님 께 사사했소. 두 분께서 절기의 전수를 용인해 주셨고, 약 두 달 동안 가르침을 받았소."

"성구몽…… 그렇다면 설마……."

협유곡주는 가만히 듣고 있는데 옆에 서 있던 잔협촌 장 백종인이 경악한 표정을 지었다. 입을 꾹 다물고 있던 협유곡주 길상은 한숨을 쉬었다.

"하아, 명왕(冥王)과 장강사신(長江死神)이 공동 제자로 삼을 만하군. 소광검마 태오, 무림 역사상 너보다 빠른 성취를 보인 자는 오직 검성(劍聖)뿐이었다."

4.
무상천마

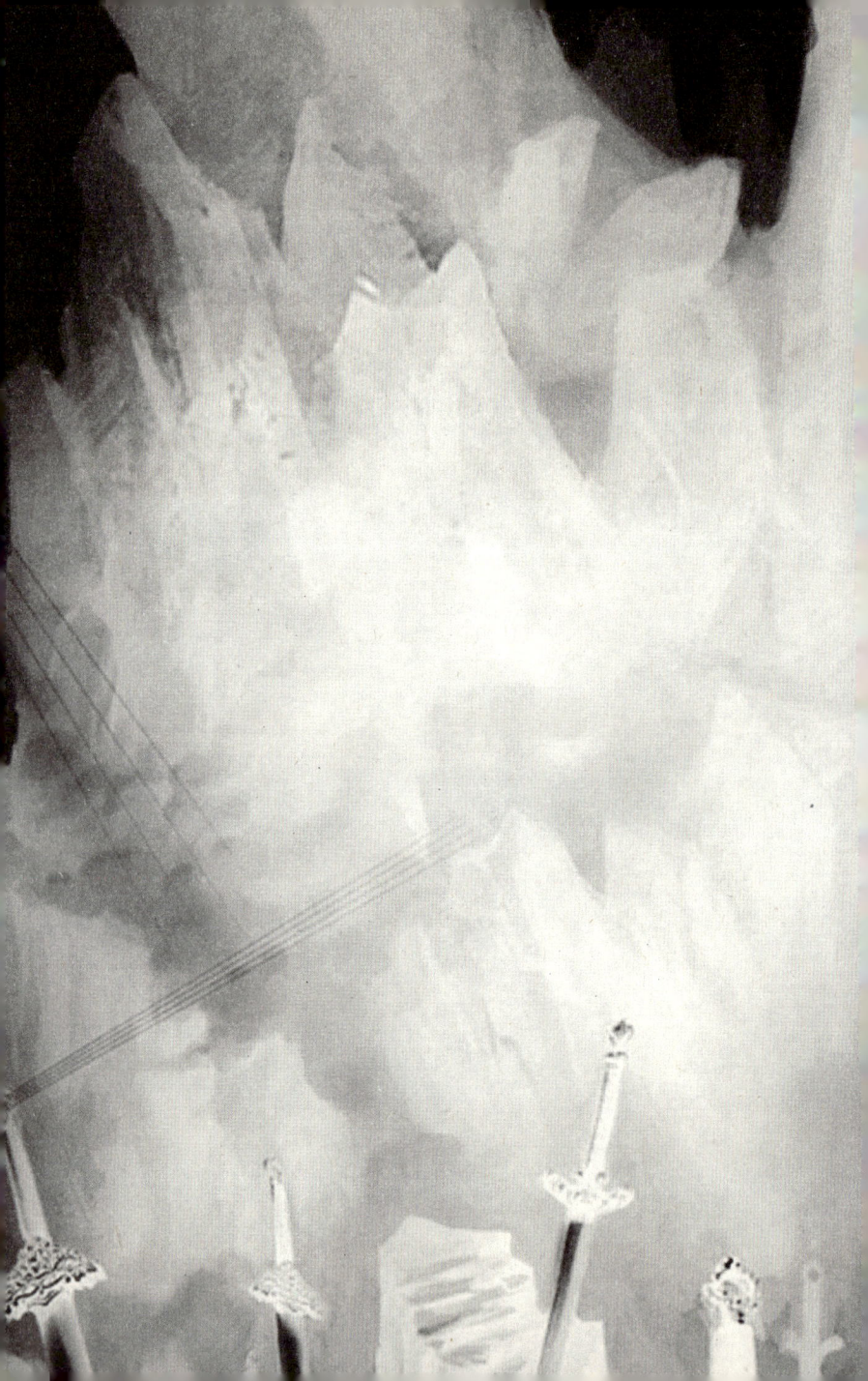

"무슨 말이오? 당신은 사부들과 어떤 관계란 말이오?"

눈앞의 현의소년, 협유곡주 길상은 내 반문을 무시한 채 턱을 괴었다. 그러고는 손가락으로 뺨을 두드리며 말했다.

"흠, 분명히 신룡전의 연옥을 탈출한 건 세 명이었을 텐데. 천빙선자(天氷仙子)는 너를 제자로 들이지 않았느냐."

"……."

대답해 줄 수도 있지만, 왠지 껄끄러웠다. 눈앞의 협유 곡주가 적인지 아군인지 알 수 없는 상태에서 더 이상 이야기하는 건 치명적이었다. 지금까지도 생각 없이 대답을 해 준 것 같아서 등줄기에서 식은땀이 흐를 정도였다.

협유곡주 길상이 차갑게 웃었다.

"그렇겠군. 하긴 그 셋의 절학(絶學)을 모두 전수받는 건 일국의 왕(王)이라 해도 힘든 일일 테지. 그렇다 해도…… 소광검마, 너의 재능은 말도 안 되는 수준이군."

"당신은 뭐길래 내 사부들에 대해 아는 체를 하는지 모르겠군."

"난 예전에 장강사신 태월하와 명왕에게 하나씩 빚을 진 적이 있다."

뜬금없는 말을 꺼낸 협유곡주 길상이 옆에 서 있던 백종인 촌장에게 눈짓을 했다. 그러자 그는 알겠다는 듯 고개를 끄덕이고는 방에서 나갔다. 그들 사이에 비밀로 할 만한 일이 아닐 테니, 아마 뭔가 행동을 지시한 것이리라.

길상은 호피 의자를 손가락으로 톡톡, 치며 말을 이었다.

"그래서 무슨 부탁이든지 간에 하나는 내가 들어주기로 약속했지. 태월하는 자신의 목숨을 구해 주는 빚을 지웠다. 그리고 네가 협유곡에 옴으로써 그 빚이 소멸(消滅)한 것이다."

"당신이 천하제일의 의술(醫術)이라도 지니고 있단 말이오?"

"의술은 좀 하지만 천하제일이라고는 할 수 없지. 대신에 아무리 위중한 환자라고 해도 회생(回生)시키는 게 가능하다. 태월하도 그걸 알고 있었기 때문에 내게 그 빚을 지운 것이었지."

"……술법이군."

나는 눈앞에 있는 협유곡주 길상이 뛰어난 의술과 술법을 동시에 갖춘 인물이라는 걸 알아챘다. 태월하 사부와 알고 지낼 정도라면 나이도 보통이 아닐 거고, 저 엄청난 동안(童顏)은 의술과 술법으로 유지하는 것이리라. 내가 새삼스러운 눈으로 그를 쳐다보자 길상이 말했다.

"아무튼 그 말대로라면 너는 무예에 입문한 지 채 일 년도 되지 않아서 천하에서 스무 손가락에 드는 경지에 올랐다는 거군. 이런 전례는 검성(劍聖)밖에 없어."

"무슨?! 소협, 일 년도 되지 않았나요!"

나는 무덤덤하게 들었는데 도리어 옆에 있던 화영공주가 깜짝 놀랐다. 나는 화영공주가 식은땀까지 흘리며 놀라는 걸 보자 신기해서 고개를 갸웃거렸다.

"굳이 말은 하지 않았지만, 놀랄 일인가? 일 년도 안 된 무공 초짜가 가르쳐서 미덥지 못했던 거라면 사과할

게."

"아, 아니, 그런 게 아니라…… 그건…… 상식적으로……."

"상식적으로 있을 수 없는 일이지."

더듬거리는 화영공주의 말을 협유곡주 길상이 단칼에 자르고 들어왔다. 그는 눈을 가늘게 뜨고 마치 고양이처럼 웃고 있었다. 살의보다는 기묘한 호기심이 느껴지는 눈빛이었다.

"보통 재능 있는 자라면 일류 고수(一流高手)로 인정받기 위해서 통상적으로 오 년 이상이 걸리고, 일류 고수 중에서도 선택받은 몇몇이 지방의 패주(覇主)를 논할 수 있는 절정고수의 문턱에 도달한다. 그리고 그들 중에서 극소수만이 초절정이라고 불리는 종사(宗師)의 경지에 도달하는데, 아무리 적어도 이십여 년 이상이 걸리는 대장정이다."

"……."

"하나 너는 그 모든 경험과 과정, 재능을 무시하고 이미 천룡육신군과 대등한 경지에 올랐으니, 이는 그 어떤 무림인도 납득하지 못할 일이다."

"그렇게까지 이상한 일은 아닐 텐데요?"

내 반박에 길상이 흥미로운 표정을 지었다.

"어째서?"

"무협 소설(武俠小說)에는 삼, 사 년 만에 뛰어난 고수가 되어서 무림을 제패하는 일도 허다합니다. 물론 그건 소설일 뿐이지만, 소설 내에서는 그만한 장치가 되어 있죠. 당신들이 생각하기 힘들 뿐, 불가능한 일은 아니란 겁니다."

"크하하하하하하!"

앙천광소(仰天狂笑)!

길상이 한 번 웃음을 터뜨리자 갑자기 전각 전체가 뒤흔들리면서 돌 조각이 천장에서 떨어졌다. 후두둑거리면서 바닥이 울리는 건 그가 떨쳐 낸 기(氣)가 너무나 강력했기 때문이다. 나는 길상이 보유한 내공이 말도 안 되는 수준이란 걸 깨닫고 마른침을 삼켰다.

'이자는 내가 보아 왔던 누구보다도 심후한 내공을 지니고 있다!'

굳이 비교할 수 있을 만한 인물이라면 남룡제(南龍帝)뿐이었다. 하지만 길상이 방금 전력을 다했는지도 확신할 수가 없어서 더욱 긴장이 되었다. 길상은 웃음을 그치더니 자세를 편하게 했다.

"그래? 그럼 일 년도 되지 않아서 그렇게 강해질 수 있는 이유를 무협 소설식으로 생각해 볼까?"

"……"

대답하지 말자.

"첫 번째, 은거기인이 절세무공을 전수. 이건 얼추 맞다고 할 수 있겠군. 네 스승들은 틀림없는 무림의 초절정 고수이며, 광혈인(光血印)이나 수선사계(水仙四季) 또한 무림일절이다. 하나 뛰어난 재능을 지닌 네 스승들도 절세무공을 터득하기 위해서는 최소 십 년 이상의 세월이 걸렸다."

"잠깐……."

스윽.

내가 그의 말을 멈추려고 했지만, 길상이 손을 한 번 내젓자 나도 모르게 뒤로 반걸음을 물러섰다. 나는 이 뒷걸음질이 우연이 아니란 걸 깨닫자 등골이 서늘해졌다. 길상의 무공이 나를 무의식중에 위협할 만한 수준이란 걸 확인했기 때문이다.

"두 번째, 벌모세수나 격체전공, 혹은 전설의 영물(靈物)을 통해서 강력한 내공을 얻는다. 이건 잘 모르겠지만, 네 몸에 흐르는 진기(眞氣)는 네 나이에 가질 수 있는 수준이 아니야. 내공이 아무리 의지에 따라서 모이는 속도가 다르다고 해도, 네 내공은 이미 스승인 태월하나 명왕에 뒤지지 않는다."

"무슨 말을 하는지 모르겠군."

"내가 보기에 네가 천고의 절맥(絶脈)이 아니니, 이것도 의미가 없는 말이다. 너는 아마 하나나 두 개쯤은 영약이나 영물을 찾아서 복용했을 것이다. 내 말이 틀린가?"

만년보련의 뿌리를 고아 먹었다. 반쪽짜리 효능이라고는 하지만 진짜배기 고대 영물의 정령(精靈)을 흡입했으니 틀림없는 기연(奇緣)이라고 할 수 있었다. 나는 할 말이 없어져서 그저 침묵으로 일관하기로 했다. 길상이 킥킥 웃더니 말했다.

"부끄러워하거나 이상하게 여길 필요가 없잖은가. 어차피 네가 강자(强者)의 위치에 올랐다는 사실은 불변(不變)이니, 과정은 이제 의미가 없는 것이다."

"서론이 너무 긴 것 같소. 본론으로 들어갑시다."

"난 적지 않게 흥미로운데 말이지."

투욱.

길상이 담뱃대를 놓으면서 빙긋이 웃었다.

"딱히 아무 이유도 없는데 무조건 강해진다라…… 내가 알고 있는 '어떤' 무공을 연상하게 하거든."

"……?"

"뭐, 본론으로 들어가고 싶다면 그렇게 하자고."

파앗.

길상이 담뱃대를 땅바닥에 두어 번 두들기자 뜬금없이 눈앞에 상다리가 부러질 정도로 호화스러운 수라상이 나타났다. 워낙 순식간에 일어난 일이라서 환술(幻術)이라고밖에 생각할 수가 없었다. 길상은 수라상의 상전에 앉으며 식사를 권했다.

"한술 들지. 난 손님에게 해를 끼치지 않아."

"하나 당신은 십 주야에 한 번씩 사람을 죽이는 버릇이 있다고 들었소만?"

"소, 소협."

내가 선 채로 딱딱하게 말하자 화영공주가 놀라서 눈치를 봤다. 협유곡주 길상에게 분노를 사서 좋을 게 없을 텐데도 내가 그를 계속해서 견제하고 있기 때문이었다. 하지만 길상은 화도 내지 않고 무덤덤하게 식탁 위의 닭다리를 집었다.

"물론 그런 버릇이 있지. 하나 그건 내가 좋아서 살인(殺人)을 하는 게 아니야. 앞서 말했듯이 무상천마를 수련하면서 생겨난 부작용이지."

"무상천마, 무상천마하는데, 그게 대체 뭐요? 살인을 할 수밖에 없는 마공(魔功)을 대체 왜 익혔단 말이오?"

"흐음……"

협유곡주 길상은 닭고기를 우물거리고 있다가 홱, 고개를 돌렸다. 그 눈빛은 아무런 감정도 담겨져 있지 않아서 마치 동물처럼 느껴졌다. 다음 순간 무슨 짓을 할지 예측이 되지 않아서 위험스럽게 느껴졌다.

"자네는 지금까지 몇 명의 인간을 죽였나?"

"한 서른 명 내지는 마흔 명 정도 죽였을 거요."

"생각보다 덜 죽였군. 자제할 만한 계기가 있던 건가?"

"무공을 통해서 도(道)에 이르고자 한다면 살육을 억제하는 편이 낫다고 생각했소."

"그렇군. 자네는 운이 좋았어."

길상은 태연하게 술잔에 술을 따르면서 중얼거렸다.

"섣불리 생명을 죽이면 자신의 투로(鬪路)에 쓸데없는 살기가 섞여서 경지에 이르기 힘들게 되지. 누군지는 몰라도 자네를 도와준 자에게 끝없는 감사를 표하도록 하게."

"……."

"그건 그렇고, 만일에 태오 자네가 살인을 자제하지 않았다면 몇 명을 죽였을지 생각해 본 적 있는가?"

길상의 물음에 나는 진지하게 생각해 보았다.

'꽤 많이 죽였겠지?'

만일에 내가 남룡제의 딸인 예화를 만나 이야기를 나누지 못해서 수틀리거나 배알 꼴리면 무조건 죽여 버리겠다는 생각을 유지하고 있었다면? 아마 태천맹에서 수십, 수백 명씩 쳐 죽이면서 피바다를 만들었을 것이고, 추격당하는 도중에도 무수한 인명을 살상했을 것이다. 어림잡아서 짧은 기간에 오백여 명 이상은 죽였을 거라고 유추할 수 있었다.

내가 대답을 하지 않고 생각에 잠기자 협유곡주 길상은 홋, 하고 웃었다.

"막 죽여서 태오 자네가 무림의 살성(煞星)이 되었다고 하더라도 의외로 그렇게 많이 죽인 편은 아니야. 정파무림인도 살아가면서 평균적으로 서너 명은 쳐 죽이는 편이고, 사파의 마두(魔頭)들은 기본으로 백 명씩 죽이고 다니지."

"그건……."

"무림은 살인마(殺人魔)의 세상이다. '왜' 죽였는지가 중요할 뿐, 살인 자체를 부정하지는 않아."

제정신이라면 길상의 말은 고깝게 들려야 했다.

"헛소리군. 정파무림인들이 괜히 사파 척결을 외치는 줄 아시오? 살인을 막기 위해서요."

내 반박에 길상이 고개를 저었다.

"틀렸어. 그럼 정파무림인들은 왜 마두의 머리를 깨 죽이거나 사지를 자르고 뇌옥에 가두는가? 그건 원래 관 부가 해야 할 일이야! 그들에게 무슨 권리가 있어서?"

"……."

그건 나도 자주 생각하고 있던 괴리감이었으므로 대답 을 하지 못했다. 내가 망설이는 사이에 협유곡주가 느긋 하게 닭 뼈를 그릇에 내려놓았다.

"나는 무상천마라는 절대적인 힘을 얻기 위해서 모든 걸 감수하기로 했다. 부작용 때문에 이따금씩 살인을 절 제할 수 없었는데, 그렇다 해도 근 사십여 년 동안 태오 너보다 많이 죽이진 않았을 것이다. 기껏해야 서른 명 정 도니까."

"몇 명을 죽였든지 간에 살인은 살인이오."

"그러니까 방금 전부터 이야기하고 있잖아. 살인이 왜 나쁘다는 건가?"

"그건……."

이유는 둘째 치고 나 스스로도 살인을 싫어하는 편은 아니라서 멈칫거렸다. 심정적으로 동조할 수 없는 주장은 함부로 할 수 없는 것이다.

"사람이 사람을 죽이는 건 당연한 일이야! 우리가 살 아가는 이 무림(武林)이라는 세상도 인간이 살인술(殺人

術)을 수천 년 동안 전승한 끝에 만들어졌다. 정파든 사파든 한 꺼풀 벗겨 보면 다들 살육에 미쳐 있는 놈들뿐이다. 살인은 우리의 생활이고, 의식주고, 모든 것이란 말이다."

너무 그럴듯하게 들려서 나는 손쉽게 반박할 말이 떠오르지 않았다. 머릿속으로는 잘못된 일이라는 걸 알고 있지만, 지금까지 무림을 지나치면서 사람이 사람을 죽이는 게 엄청나게 쉽다는 사실을 경험으로 깨달았다. 그래서 심정적으로는 협유곡주의 말에 동조하고 있었다.

"자네나 나나 이제 사람을 함부로 죽이지는 않지만, '안' 하는 것과 '못' 하는 건 큰 차이가 있어. 우리 둘다 마음만 먹으면 하룻밤에 수백 명의 목숨을 빼앗으며 살육의 축제를 벌일 수가 있지. 차이점이 있다면 나는 이 힘을 얻는 것에 집중했고, 자네는 어쩌다 보니 힘을 얻었다고 하는…… 계기일 뿐일세."

"당신과는 쉽게 이야기가 통하지 않는구려."

"내가 무상천마를 익히는 건 자네 생각처럼 선악으로 판단할 문제가 아니라고 말하고 싶었을 뿐이네."

정말 말을 잘했다. 나는 농촌 무지렁이의 자식이었으므로 협유곡주의 화려한 언변에 대항하기가 여의치 않았다. 뭔가 분해서 속으로 투덜거리고 있을 때, 협유곡주가 피식 웃었다.

"먹기 싫다면 안 먹어도 좋아. 무사(武士)는 원래 타인에게서 음식을 얻지 않는 법이지."

"그럴 생각이오."

"하여간, 지금 나로서는 화영공주님을 협유곡에 받아들일 수가 없다."

충격적인 선언.

협유곡이 최후의 도피처라고 인식되고 있었는지, 화영공주의 당황과 공포는 꽤 큰 것 같았다. 화영공주는 잠시 허둥대다가 떨리는 목소리로 말했다.

"어째서 그렇지요? 아바마마께서는 흉인(凶人)들에게 억울하게 살해당하셨고, 황궁 내에는 믿을 만한 사람이 한 명도 없어요. 이 상황에서 본녀를 협유곡주가 도와주지 않는다면 천하에는 큰 변란이 일어납니다."

협유곡주가 뚱한 표정을 지었다. 외양이 홍안(紅顔)의 소년인지라 얼핏 귀엽다는 생각까지 들었다.

"공주님, 그게 저와 무슨 상관입니까?"

"네?"

"변란이 일어나든 말든 누군가가 협유곡까지 쳐들어와서 깽판을 놓고 저에게 목숨의 위협을 줄 만한 일은 없습니다. 진법의 파해법을 모른다면 일만 대군도 여기로 쳐

들어올 수가 없지요. 전 평소처럼 유유자적할 것이고, 그 누구도 천하가 혼란스러운데 협유곡 같은 깡촌에 신경 쓰지 않겠지요."

협유곡주가 어깨를 으쓱했다.

"공주님을 받아들이는 건 제 안위(安慰)에 큰 위협이 됩니다."

"그, 그런……. 내란(內亂)이 일어나면 수백만 명의 민초들이 고통받고 겁화가 세상을 휩쓸게 됩니다! 그리고 아바마마를 죽인 자의 음모는……."

화영공주는 지금까지 중에서 제일 필사적인 얼굴이었다. 하지만 어째서인지 가죽 아래에 뭔가 의도가 숨겨진 듯한 느낌이었다.

"공주님."

협유곡주가 귀찮은 듯이 말했다.

"공주님이 어릴 적에 선대 황제 폐하의 부탁으로 협유곡을 휴양지로 제공했던 것은, 제 스승님인 북룡제(北龍帝)께서 졌던 빚 때문입니다. 공주님은 충분히 술법과 기관진식을 배워 나가셨고, 사실상 빚은 그때 다 갚았습니다."

북룡제!

나는 그 단어를 듣는 순간 흠칫했다. 낯익은 기억이 떠올랐다.

'쌍룡제(雙龍帝)라 불리는 절대고수 두 명이 황궁의 사황령(四皇靈)을 뚫고 황제를 암살할 뻔했다고 했지!! 그렇다면 북룡제는 남룡제와 대등한 수준의 초고수란 말인가.'

협유곡주 길상의 스승이 북룡제라면, 길상의 엄청난 무공도 설명이 되었다. 내상을 입은 남룡제 혼자서 오만 대군을 갖고 놀았는데, 그들의 제자 급이면 천하를 오시(傲視)할 만한 것이다. 화영공주는 주저주저하다가 말했다.

"협유곡주께서 도와주신다면 저에게 다시 하나의 빚이 생기는 것입니다. 그걸 원하지는 않으신가요?"

"이제야 본심(本心)이 나오셨군요."

협유곡주가 훗하고 웃더니 고개를 뒤로 젖혔다. 기다렸다는 듯한 태도가 얄미웠다.

"공주님, 저를 속일 생각은 마십시오. 공주님은 얼굴도 모르고 어리석기 짝이 없는 민초 때문에 자신을 희생할 자가 아닙니다. 어떻게 되든 악착같이 살아남아서 힘을 얻고 복수하려는 독한 근성의 소유자이지요. 자신을 위한 싸움이면 그렇다고 솔직하게 말하십시오."

정말일까?

내가 힐끔 화영공주를 바라보자, 그녀는 마치 얼음장이라도 내려앉은 듯 차가운 표정을 하고 있었다. 지금까지 그녀와 함께 다니면서 저런 표정은 본 적이 없었으므로 마치 다른 사람을 보는 것 같았다.

"맞아요. 나는 내가 살아남아서 황권(皇權)에 도전할 생각이 있어요. 그래서 협유곡주에게 미래의 황제에게 투자할 생각이 있는지 묻고 있는 거예요."

"즉, 거래라는 거군요, 공주님."

"협유곡주께서는 어설픈 잔정에 휘둘릴 사람이 아니란 걸 방금 확인했으니까요."

철혈(鐵血).

지금의 공주에게서 느껴지는 기세는 바로 그것이었다. 암투와 모략이 판치는 궁중에서 성인의 나이까지 멀쩡히 살아왔다는 건, 이미 속내는 너구리가 따로 없다는 뜻이었다. 세상 물정 모르는 맹한 공주 따위는 소설에나 나온다는 걸 확인할 수 있었다. 내가 흥미롭게 상황을 지켜보자 협유곡주가 내게로 시선을 돌렸다.

"하나 아쉽게도 열쇠는 이 친구에게 달려 있습니다. 아무리 공주님의 능력이 좋아도 황제를 시해한 무리들에 맞서 싸우는 건 위험부담이 너무 큽니다. 예전 빚이라도 동원하지 않는다면 제 계산으로는 손해일 뿐이지요."

"무슨……?"

"소광검마 태오."

이어진 협유곡주의 말에 나와 화영공주의 눈이 동시에 부릅떠졌다.

"공주님과 결혼하게."

대답을 해야 하는 걸까? 우습게도 청천벽력 같은 제안 앞에서 먼저 든 생각은 그런 것이었다. 화영공주와 내가 맺어져야 할 이유는 한 줌도 없었기에 생각할 가치도 없다고 여겼기 때문이다.

하지만 화영공주는 달랐다. 진지한 얼굴로 내 얼굴을 보면서 간절하게 호소하는 눈망울을 하고 있었다. 직접 말은 하지 않았지만, 나와 결혼하는 걸 긍정적으로 생각하고 있다는 뜻이기도 했다.

'뭐야? 분위기가 왜 이래?'

예화의 일이 생각났다. 검성지륜(劍聖之輪)을 나누며 반쯤 억지로 약혼(約婚)을 한 상태였지만, 어쨌든 약속은 약속이었다. 이 제안을 받아들이기에는 그렇게 형편 좋은 처지가 아니라는 걸 재차 상기했다.

"이야기가 너무 갑작스러워서 따라가기 힘들군요, 협유곡주."

내가 넌지시 불쾌한 기색을 내비치자 협유곡주 길상은

그럴 줄 알았다는 듯 피식 웃었다. 그는 젓가락을 움직여서 다시금 계차주와 만두 볶음을 집어 먹었다.

달그락.

"음, 어린애라서 아직 남녀상열지사(男女相悅之詞)를 모르는 건지, 아니면 순수 무골(武骨)이라 여색에 관심이 없는지 어느 쪽인지는 잘 모르겠네만……."

"하고 싶은 말이 있으면 똑바로 하시오."

"결론적으로 말하자면, 자네가 화영공주의 아군이 되지 않으면 재기는커녕 생존도 무리야. 그런데 내가 보아하니 태오 자네 같은 이인(異人)은 강한 속박을 걸지 않으면 바람처럼 떠나겠지. 천하 모두가 등을 돌린 화영공주께 자네를 붙잡을 만한 건 몸뚱이밖에 없다네."

"……."

나는 기가 막혀서 입이 벌어졌다. 그걸 좋아한다는 신호로 착각했는지 길상이 싱글벙글 웃으면서 젓가락을 딱딱, 마주쳤다. 화영공주의 얼굴에는 여전히 간절한 빛이 감돌고 있었다.

"잘 생각해 보게. 화영공주는 대륙 전체에서 손꼽히는 절세미인(絕世美人)이라고. 그녀의 호감을 얻기 위해서 수도의 온갖 기재(奇才)들이 노력을 아끼지 않았네. 한때 낙양의 사공자(四公子)라 불리던 뛰어난 준남들이 각고

의 노력을 바쳐서 화영공주의 아름다움을 칭송했다는 사
건은 유명하지.”

그 정도란 말인가.

나는 힐끔 화영공주를 돌아보았지만, 안색에 변화가
없었다. 거짓은 아니라는 소리였다.

‘확실히 굉장히 아름답긴 하지만…….’

오랜 도피 생활 때문에 화장도 못하고 피부가 거칠어
져 있지만, 그녀는 절세(絶世)라는 두 글자를 붙이기에
족한 미녀였다. 명모호치(明眸皓齒), 무비일색(無比一
色), 미목여화(眉目女花), 설부화용(雪膚花容)이라고 하
는 온갖 미사여구가 어울렸다.

사람의 인상은 코와 이마의 위치, 미묘한 균형, 부피,
광대뼈, 인중 등등 매우 다양한 요소로 이루어지는데, 통
칭 미녀라고 불릴 만한 사람이 탄생하기 위해서 요구되는
비율은 굉장히 정밀하고 엄격했다. 화영공주의 얼굴을 찬
찬히 뜯어보면 그중에서 단 하나의 기준도 어긋나지 않으
며, 마치 일부러 만든 듯 완벽한 균형을 지니고 있었다.
웬만한 남자들이 그녀의 얼굴을 보자마자 마음을 뺏긴다
고 하는 건 그 균형미와 함께 마치 규중의 꽃 같은 자신
감과 아름다움이 상대방의 마음에 스미기 때문이리라.

“왜 그러나? 그녀를 아내로 맞는다는 건 황제의 부마

가 된다는 뜻이며, 최소한 일개 성(城)의 성주 직이 보장
되는 일이지. 보통 평민 따위는 삼 대(代)를 노력해도 꿈
도 꿀 수 없는 신분 상승이 기회이기도 하다네."

"미안한 일이지만……."

나는 단호하게 입을 열었다.

"난 이미 결혼하기로 약조한 여자가 있소. 혼약의 지
륜(指輪)까지 나눴으니 다른 사람을 받아들일 수는 없
소."

"뭐?"

"아니……?"

내 말에 킬킬 웃던 길상의 얼굴이 딱딱하게 굳었으며,
옆에 서 있던 화영공주는 깜짝 놀란 표정을 지었다. 의외
인 듯했다. 기묘한 정적이 방 안에 감돌더니, 길상이 힐
끔 내 손가락에 걸려 있는 지륜을 쳐다보았다.

"놀랍군. 그 짧은 강호행(江湖行)에 이미 미래를 약속
한 여인을 만들다니, 능력도 좋은걸?"

"우연한 일이었소. 하지만 약속이니 그녀를 배신하고
싶지 않소."

"흥, 같잖은 말이군."

길상이 냉소(冷笑)했다.

"그 정도 감정으로 평생의 배우자를 얻으려 하다가는

언제고 둘 다 불행해질 뿐, 이제 보니 자네는 어른인 척하는 어린아이일 뿐이었어."

"마음대로 말하시오. 변하지 않는 사실이니까."

"음, 그런데⋯⋯."

길상이 갑자기 주저주저했다. 지금까지 줄곧 패기 있고 장난기 있게 입담을 풀어내던 사람답지 않게 눈치를 보는 기색이었다. 이제 와서 화영공주의 신분을 신경 쓰는가 싶었지만, 그건 아닌 듯했다. 협유곡주 길상은 내 지륜을 힐끔 살피더니 조심스럽게 말했다.

"내가 알기로 지륜을 나눠서 후계자를 정하는 무맥(武脈)은 천하에 단 하나밖에 없는데⋯⋯ 내가 알고 있는 지식이 맞는지 확인하고 싶군."

"빙빙 돌릴 필요 없소."

나는 협유곡주가 그다지 마음에 들지 않았는지라 코웃음을 치며 검성지륜을 낀 손을 앞으로 내밀었다. 경솔한 행동이었지만, 왠지 협유곡주에게 지고 들어가고 싶지 않았다.

"이게 바로 검성지륜(劍聖之輪)이오."

"⋯⋯!!"

무림에 대해 잘 모르는 화영공주도 검성지륜이란 소리를 듣자 화들짝 놀라는 기색이었다. 줄곧 즐겁게 음식을 즐기던 협유곡주는 완전히 굳은 얼굴로 장저를 식탁 위에 내려놓았다. 화영공주가 가슴 앞에 손을 모으며 말했다.

"노, 놀랍네요. 그렇다면 검성의 후예와 약혼을 하신 건가요, 소협?"

"맞소."

"어떻게 그런 일이…… 검성의 후예는 전 무림이 찾아 나섰지만 정확히 누구인지 알려진 일조차 없었습니다."

"그런 우연도 있는 모양이오."

나는 일부러 퉁명스럽게 대답했다. 괜히 상대방에게 파고들 틈을 줘서는 안 된다는 생각이었고, 화영공주를 '여자'로 인식하자 껄끄러워졌다. 화영공주는 내 심경 변화를 아는지 모르는지 시무룩하게 말했다.

"소협께선 제 편이 되어 줄 생각이 없으신 거군요……."

"그런 건 아니오."

"네?"

나는 아까부터 말없이 뚫어져라 검성지륜을 응시하는 협유곡주를 힐끔 쳐다보았다. 저자도 홍안의 미소년(美少年)이지만 왠지 얄밉고 정이 가지 않았다. 뛰어난 무공과 술법을 지니고 있겠지만, 아직 아군이라고 확정된 것도 아니기 때문이었다.

"결혼하라는 억지는 협유곡주가 내세운 거요. 공주님이 어려운 처지에 있다면 나도 도와줄 용의가 있소."

"그, 그렇다면……."

나는 협유곡주를 노려보았다. 저절로 검병에 손이 갔다.

"굳이 이런 수상쩍은 곳에 몸을 의탁하지 않아도 은거지 정도는 마련하게 도와드리겠소."

설령 눈앞의 초고수, 협유곡주를 적을 돌리는 한이 있어도!

그게 바로 의(義)일 것이다. 나는 그렇게 생각하며 협유곡주의 움직임을 견제했지만, 그는 마치 무공을 익히지 않은 사람처럼 전혀 반응을 보이지 않았다. 협유곡주는 여전히 검성지륜을 쳐다보고 있었는데, 마치 넋을 놓은 듯한 기색이었다.

'선공(先攻)해 볼까?'

속으로 그런 충동이 일어났다. 내 예상으로 협유곡주는 아마 나보다 훨씬 강한 고수(高手)인 게 분명했다. 싸우면 승산은 삼 할 이하일 텐데, 무리해서 정면 승부를 하느니 기습을 가한 후에 협유곡에서 도망치는 게 낫다는 생각이 들었다.

'아, 맞다. 혼돈 앞에서 맹세를 했지!!'

협유곡주를 공격할 수 없다는 맹세! 화영공주가 직접 금제를 어긴 자의 최후를 봤으니, 나라고 해서 예외일 수는 없을 것이다. 초고수를 상대로 공격도 하지 못한다면 어떻게 해야 할지 솔직히 감이 잡히지 않았다.

머릿속이 복잡해져서 이를 꽉 깨물 때였다.

"태오, 남룡제(南龍帝)와는 어떤 관계냐?"

"뭐?"

"남룡제와 어떤 관계냐고 물었다."

쿠구구구.

"……!!"

나는 경악하며 뒤로 한 걸음을 물러났다. 단지 협유곡주는 식탁에 앉아 있을 뿐인데, 그가 뿜어내는 가공할 만한 기세 때문에 버틸 수가 없었다. 위압감만으로 나를 물러나게 할 수 있는 사람은 여태껏 남룡제나 신룡전 부총관 정도밖에 본 적이 없었다.

무형기(無形氣).

기를 실체화시켜서 강기나 강환으로 만드는 수법이 절정고수들 사이에서 전해지고 있지만, 협유곡주 길상이 뿜어내는 힘은 그것과는 차원이 달랐다. 아예 대자연의 공기와 시공간을 자신의 의지로 붙잡아서, 내게로 강제로 밀어내는 듯한 무시무시한 압박감!

'차원이 다른 고수다!!'

분한 일이었지만 나는 한 걸음을 물러난 순간, 내가 협유곡주와 금제 없이 싸운다고 해도 십초지적이 안 될 거라는 예감이 들었다. 눈앞에 있는 건 어쩌면 남룡제와 대등할지도 모르는 것이다!

나는 다리를 후들거리다가 겨우겨우 입을 열었다.

"……내가 그걸 왜 말해야 하지?"

"흥. 오기를 부리는군, 애송이."

딱.

협유곡주는 그저 검지와 엄지를 마주쳐서 손가락을 튕겼을 뿐이다. 하지만 다음 순간, 나는 마치 폭발에 휘말린 것처럼 뒤로 튕겨져 나갔다. 뭐에 당했는지도 모르겠지만, 내가 본능적으로 기를 끌어모아서 방어하지 않았으면 전신이 걸레짝이 되었을 것이다.

쿠당탕!

"소협!"

내가 벽에 부딪쳐서 허물어지자 화영공주가 외쳤지만, 나는 듣지 않은 채 무탄력 경공으로 몸을 공중에서 바로 했다. 전신이 얼얼했지만, 특히 안면에 큰 타격이 와서 콧등이 약간 내려앉고 코피가 줄줄 흐르고 있었다. 나는 기혈에 힘을 응집해서 부러진 뼈를 이어 맞추면서 협유곡주를 노려보았다.

협유곡주는 여전히 무표정으로 식탁에 앉아 있었다. 그는 장저를 다시 들어서 나를 가리켰다.

"소광검마 태오! 태천맹 따위 휘저은 걸로 천지 무서운 줄 모르고 날뛰었다면 오산이다. 나만 해도 네 녀석을 일백 초 이내에 갈기갈기 찢어 죽일 수 있고, 나 정도 실력을 가진 자는 천지 아래 스무 명도 넘는다! 뭘 믿고 객기를 부리는 거냐?"

"크…… 윽……."

전신이 아려 왔다.

'기막(氣幕)이…… 좁혀 온다!!'

단순한 무형의 기세로 압박하는 게 아니었다. 협유곡주는 인공적으로 기의 막을 만들어 내서 내 주변에 촘촘하게 뿌리고 있었고, 수백 개의 기막은 내가 움직일 틈도 없이 에워싸면서 움직임을 봉쇄했다. 세상에 호신강기까지는 들어 봤지만, 이 정도 운영은 본 적도, 들은 적도 없는지라 기가 막혔다.

'말도 안 돼! 이런 놈이 세상에 스무 명도 넘게 있단 말이야?!'

남룡제를 봤을 때, 세상에 천외천(天外天)이 존재한다는 걸 느끼기는 했다. 하지만 이건 너무했다. 호신강기만 써도 불가일세의 고수 취급받는 판에, 숫제 자연법칙을 무시하고 공간을 조종해 대는 경지라니! 나는 기막의 압박 때문에 피부에 시뻘건 선이 생겨나는 걸 느끼며 이를 악물었다.

"하압!"

일성(一聲)!

모든 기세를 담아서 한 번 호령을 치자, 협유곡주의 기막은 언제 그랬냐는 듯 씻은 듯이 풀렸다. 젓가락을 내게 겨누고 있던 협유곡주의 얼굴에 약간 놀란 듯한 기색이 생겨났다.

"허어, 그걸 풀어? 하긴 그 정도는 되어야 검성지륜을 받을 만하겠지."

"역시 당신은…… 남룡제에 대해서 알고 있었군!!"

"그야 물론이지."

협유곡주가 씹어뱉듯이 말했다.

"내 스승님이 바로 북룡제(北龍帝)다. 남룡제에 대해선 모를래야 모를 수가 없단 말이다."

"뭐?"

의문을 제대로 표하기도 전에 천지가 다시 한 번 뒤집혔다.

쿠쿵!

말 그대로 천지가 역전(逆轉)! 이건 무공이 아니라 일종의 술법인 듯했는데, 삽시간에 방에 있던 모든 것들이 거꾸로 뒤집혀서 쏟아져 내리기 시작했다. 화영공주의 모습은 어느새 방에서 사라져서 보이지 않았는데, 일부러 협유곡주가 내보낸 듯했다.

"큭!"

내가 허공에서 공중제비를 돌며 균형을 찾으려 했지만, 그때는 협유곡주가 마치 유령 같은 신법으로 날아와서 내게 일장(一掌)을 뻗고 있었다. 나도 마주 광혈인을 끌어올려서 협유곡주의 공격을 맞받아치려 했다.

'헉! 안 돼!'

말도 안 되는 스산한 기운.

부딪쳤다가는 내 팔이 통째로 흑염(黑炎)에 휩싸인다는, 기분 나쁜 상상이 대뇌로 스멀거리며 기어왔다. 나는 황급히 손을 휘저으며 전신을 비트는 이어영운(履魚泳雲)의 신법으로 공격을 회피했다. 협유곡주는 내가 피해 내자마자 기다렸다는 듯이 무시무시한 속도로 초수를 펼쳐 내기 시작했다.

파바바밧!

무려 오백칠십여 개나 되는 장력(掌力)! 하나하나는 변화도 속도도 대단치 않았지만, 허공에서 겹겹이 중첩되면서 예상할 수 없는 방향으로 내 퇴로(退路)를 막았다. 시험 삼아서 검기를 흘려서 부딪쳐 봤지만, 폭발음이 울려서 방심할 수 없는 위력이라는 걸 알 수 있었다.

'이거라면 막아 주마!'

내가 광혈인의 기운을 외부로 흘리며 아라한신권(阿羅漢神拳)의 강(剛)의 태세로 맞서자, 협유곡주가 차갑게 웃었다. 그는 아이의 몸인데도 상승 무공을 펼치는 데 전혀 무리를 느끼지 않는 듯 한없이 부드럽게 기운을 끊이지 않고 밀어 넣고 있었다.

"소림의 구성천 절기라니, 예상도 못했군. 태어나서 너 같은 놈은 정말 처음 본다."

꾸궁!

무수한 장영(掌影)이 허공에서 합쳐지더니, 마치 태산 같은 기세로 내 권을 억눌렀다. 나는 기묘한 반탄력 때문에 더 이상 반격을 시도하지 못하고 뒤로 물러났다. 갑작스럽게 공력을 물처럼 써 버려서 머리가 어지러웠지만, 애써서 균형을 잡으려 했다.

협유곡주가 불러낸 수라상은 이미 사라진 지 오래였다. 협유곡주는 천지가 뒤집어진 방 안에서 한 발로 서서 나를 쳐다보며 말했다.

"검성지류의 힘이 혼돈의 저주(咀呪)에서 너를 지켜

주는구나. 내게 반격을 하면 본디 혈맥이 뒤틀리고 골격이 부서져야 정상인데, 아무런 반동도 없다니!"

"윽."

나는 대답할 여유도 없이 협유곡주가 은밀히 펼쳐 낸 다섯 개의 기운을 쳐 내야 했다. 너무 교묘해서 모를 뻔 했는데, 하나라도 맞았다면 여지없이 혈도가 폐쇄되어서 죽을 뻔한 것이다. 나는 급히 뒤로 물러서며 자세를 정비했지만, 이마에는 식은땀이 흐르고 있었다.

'장난을 치는 기색이군.'

차라리 아무것도 모를 때는 검성전 십육강에 들 정도의 대검호(大劍豪)를 상대로 덤빌 수가 있었다. 하지만 지금 실력이 쌓인 상태에서 상대를 살펴보니 공포감과 좌절감 때문에 어쩔 도리가 없었다. 싸우면 진다는 걸 빤히 아는 상태에서 덤벼들 용기가 생겨나지 않는 것이다.

휘리릭.

협유곡주는 천장에서 몸을 날려서 착지하며 장저를 내게 겨누었다.

"실력 차는 잘 알았겠지? 저주가 있든 없든 네놈이 내게 이기는 건 불가능하다."

"끝까지 해보지도 않았잖소."

"억지 부리지 마라. 내가 진심이 되면 결과가 어찌 될지는 네가 더 잘 알 것이다."

"음."

나는 침묵했다. 되지도 않는 객기를 부리는 건 가능하지만, 결과를 책임질 수가 없었다. 협유곡주가 진심으로 나서게 되면 방금 전보다 열 배 이상 강맹한 공격이 날아올 텐데, 그걸 지금 내가 아는 수법으로는 막아 낼 도리가 없었기 때문이다.

'호살 멸겁윤회를 쓰면 비길 순 있겠지만……'

멸겁윤회의 약점은 굴화위지의 검법과 상대할 때 명확히 드러났다. 장기전으로 가면 천축 특유의 무공을 배우지 못한 탓에 내 몸이 뒤틀리면서 균형을 잃는다. 진다는 결과는 마찬가지인 것이다.

협유곡주가 말했다.

"걱정하지 마라. 네놈에겐 호기심이 생겼으니 죽일 생각은 없으니."

"남룡제와 쌍을 이루던 절세고수 북룡제…… 그가 당신의 스승이란 것이오?"

"……"

협유곡주는 내 물음에 답하지 않고 그저 검성지륜을 바라보았다. 그는 아까부터 나의 존재보다는 검성지륜 자체에 더 집중하는 듯한 기색이었다. 마치 오래된 연인을 바라보듯 애틋한 눈길이던 협유곡주가 문득 입을 열었다.

"네놈은 검성지륜의 비밀을 얻었느냐?"

"……."

"대답해라."

나는 입술을 피가 나도록 깨물었다. 두려움을 이기면서 고민하다가 단호하게 말했다.

"죽여도 대답할 수 없소."

"어째서냐?"

"힘이 약하다고 해서 정체도 모를 자에게 사문의 비밀을 얼씨구나 공개하는 자에게…… 검성지륜이 왔을 거라고 생각하는 거요?"

"……그럴듯하군. 그 말이 맞아."

협유곡주는 마치 탄식하듯 읊조렸다. 분명한 동경의 감정이 깃들어 있어서 협유곡주는 검성지륜에 미련이 있는 게 확실해 보였다. 내가 그의 일거수일투족을 관찰하는 사이에 협유곡주가 재차 입을 열었다.

"나도 스승님께 들어서 검성지륜의 비밀이 어떤 것인지는 안다. 그건 검성의 일족에게 전해지는 후계자의 표시일 뿐만 아니라, 얻은 자는 초대(初代) 검성(劍聖)의 지식과 경험을 이어받는다. 그리고 두 번째로 각성을 하게 되면 비로소 초인(超人)의 반열에 오른다고 하지."

"……?"

나는 도리어 협유곡주의 말을 듣다가 아리송해졌다.

'두 번째 각성? 그게 뭐야?'

내가 검성지륜을 껴서 덕을 본 일은 한 번 있었다. 수도에서 태천맹을 상대로 쫓고 쫓길 때, 검성지륜에 집중해서 명상했을 때 검성의 지식과 경험을 얻었다. 그걸 계기로 검기(劍技)가 크게 한차례 진보한 덕에 초절정의 문턱을 넘을 수 있었다.

그런데 또 다른 단계가 있다니!

"무슨 말인지 모르겠군."

"원래 남룡제의 실력은 내 스승님과 비할 바가 아니었다. 그가 검성가(劍聖家)를 뛰쳐나와 무림 천지를 방랑하던 십 대 시절의 무공은 그저 그랬지. 내 스승님은 그때 이미 무상천마(無常天魔)를 팔성까지 익혀서 강북(江北) 최강의 칭호를 얻었다."

"스승 자랑을 하고 싶은 건가?"

"끝까지 들어라."

투둑.

나는 갑자기 내 손에 통증이 오더니 움직이지 않는 걸 깨달았다. 협유곡주가 은밀히 날린 공격이 내 혈도를 제압해 버린 것이다. 아무리 말하는 중이었다고는 하지만,

내 감각을 속이고 이토록 절묘한 제압을 할 수 있다니!
협유곡주의 힘은 갈수록 측정이 불가능할 지경이었다.

협유곡주가 말을 이었다.

"그런데 고작 일 년 사이에 남룡제가 검성지륜의 비밀을 풀고 각성을 끝내자, 그의 무공은 말도 안 되는 수준에 이르렀다. 사황령(四皇靈) 중에서 두 명을 혼자서 때려눕히고 황제의 면전에 다가갈 수 있을 정도였지. 검성지륜에는 엄청난 비밀이 숨겨져 있는 게 분명하다!!"

"……."

그리고 본론이 튀어나왔다.

"검성지륜을 내게 넘겨라. 그러면 내 이름을 걸고 너와 화영공주를 전심전력을 다해 도와주도록 하지. 협유곡의 일백 명 마인(魔人)이 네 명령에 무조건 복종하게 될 것이다."

나는 협유곡주를 노려보았다. 확실히 저 정도 무인이 자기 이름을 걸고 하는 약속이라면 그건 사실일 확률이 높았다. 게다가 이 협유곡이 나름대로의 무림 세력이라면 일백 명이나 되는 인원은 화영공주의 재기에 큰 도움이 될 것이다. 앞으로도 협유곡주는 동료가 되어서 믿음직하게 나나 화영공주를 지켜 주겠지.

하지만 그게 무슨 의미란 말인가.

이 검성지륜은 단순히 남룡제의 딸인 예화와의 약혼반지가 아니었다. 검성의 후계자가 가지는 신물(神物)이며, 수도의 태사(太師)가 목숨을 걸고 유지를 남기기도 했다. 단순히 힘에 굴복해서 상대방에게 검성지륜을 넘기는 건 무인으로서, 인간으로서 해서는 안 될 짓이었다.

"몇 가지 물어볼 게 있소, 협유곡주."

"삼(參)!"

무슨 말이냐는 표정으로 그를 쳐다보자, 협유곡주가 씨익 웃으며 팔짱을 꼈다.

"세 가지는 내가 아는 한에서 솔직히 대답해 주마."

"……북룡제와 당신은 무상천마라고 하는 무맥(武脈)을 전승하고 있소. 검성지륜으로 각성한 남룡제와 맞먹는 힘을 지니고 있었다면, 어째서 북룡제는 남룡제와 함께 황제를 죽이려고 결의했던 것이오?"

지금까지 제일 이해가 안 되는 것 중 하나였다.

협유곡주의 말대로라면 남룡제의 가공할 무력(武力)은 검성지륜 덕분에 얻어진 것이다. 그렇다면 검성지륜 없이도 단지 수련만으로 남룡제와 대등했던 북룡제의 무상천마야말로 천하제일에 가장 가까운 무공일 것이다.

'뭐가 아쉬워서?'

왜 북룡제는 황제 암살이라는 위험천만한 검성(劍聖)

의 대의(大義)에 동참한 걸까?

내 질문에 협유곡주가 의외라는 기색으로 대답했다.

"흠, 그런 걸 궁금해하는 녀석도 있었군. 확실히……
전후 사정을 모르면 스승님의 행동이 이해가 되지 않을
것이다."

"그는 충분히 무림을 제패할 수 있었을 텐데, 어째서
그런 위험천만한 일을……."

협유곡주는 잠시 생각을 정리하는 듯했다. 그는 소년
의 모습과 다르게 실제 나이가 삼사십 대가 훨씬 넘어 보
였다.

"첫째 이유는 스승님께서 남룡제의 뜻에 충분히 공감
했다는 것이겠지. 황제의 정복 전쟁은 피로 피를 씻는 대
사업이니까 멈추고 싶었을 뿐이다. 두 번째 이유는……."

협유곡주는 뭔가 말을 하려다가 갑자기 멈추었다. 그
러고는 땅이 꺼져라 한숨을 쉬었다.

"후우, 남룡제의 무공 연원을 의심했기 때문이다."

"그건 무슨 말이오?"

"내가 익힌 무상천마는 고대(古代)에는 마교(魔敎)라
고 불리던 단체에서 전승되어 오던 무공이다. 동시에 구
성천(九聖天)의 서열 이 위에 속하는 무공이기도 하다.
구성천의 전승자는 대대로 구성천 서열 일 위의 무공이

출현하는 일을 감시할 의무가 있다."

협유곡주의 이어진 말에 나는 깜짝 놀라고 말았다.

"검성가(劍聖家)의 무공. 그것이야말로 구성천의 전승자들이 두려워 마지않던 숙적(宿敵)이라고 의심했다는 말이다."

"잠깐. 서열 일 위니 뭐니는 모르겠고…… 그렇다면 처음부터 남룡제를 감시하려고 그와 함께 행동했다는 뜻이오?"

"결론적으로 아무런 증거도 없었으니 두 사람은 끝까지 쌍룡제로 남을 수 있었다. 남룡제는 남쪽으로 가서 은둔하고, 스승님은 이 협유곡에 은거하셨지."

협유곡주가 싸늘하게 말을 이었다.

"만일 검성가가 구성천 서열 일 위라는 증거만 확실했다면, 스승님은 구성천 전승자를 모조리 불러들여서 남룡제를 쳤을 것이다. 아무리 남룡제라도 절세고수들 여덟 명과 겨뤄서는 승산이 없다."

"……."

구성천. 천하에서 강력하다고 불리는 신비의 무공들. 사람들은 단지 전설로 치부하는 경향이 있었지만, 구성천 무공 중에서 두 개나 수발하고 있는 나로서는 믿어야만 했다. 나는 웬만큼 혈도가 회복된 걸 느끼며 재차 질문을 했다.

"그럼 두 번째 질문."

"어서 해라. 시간이 없다."

"황제를 죽이고 화영공주를 추적하는 세력들에 대해서 뭔가 짚이는 게 있소?"

협유곡주는 망설임 없이 대답했다.

"물론! 내가 생각하는 대로라면 구 할의 확률로 '그 자'의 소행일 것이다. 그렇기에 나 혼자서는 대항할 수가 없다. 네 힘으로는 더더욱."

"그게 누구요?"

"그건 검성지륜을 내게 넘겨준 후에 알려 주겠다."

협유곡주는 어지간히도 냉정한 척하고 있었지만, 눈길 에서 탐욕을 숨길 수가 없어 보였다. 단순히 곁눈질 한 번일 뿐이었지만 오싹해질 정도의 기세를 계속해서 내뿜 고 있었다.

'건네주지 않으면 주저 없이 날 죽이고 뺏으려 하겠 군.'

그래도 스승 태월하와의 인연으로 왔으니 최소한의 인 정은 베풀지도 모르지만, 어찌 됐든 이대로는 반지를 강 탈당하는 일을 피할 수가 없었다. 나는 속으로 냉정을 되 찾으면서 마지막 질문을 했다.

"마지막 질문이오."

"해 봐라."

"구성천 서열 일 위란 건 대체 뭐요? 듣자하니 서열이 위(二位)에서 구 위(九位)까지 모든 전승자가 힘을 합쳐서 해치워야 한다는데, 그럴 이유가 대체 뭔지 모르겠소."

"강한 놈을 처치하는 건 무림의 생리 아닌가?"

"그걸로는 설명이 되지 않소. 그럴 거면 애초에 구성천이 아니라 팔성천(八聖天)이라고 하면 되잖소."

"……역시 단순한 말로는 속지 않는군. 끌끌."

아쉬운 듯 혀를 차던 협유곡주는 고민하는 기색이었다. 아까보다 더 고민이 되는 모양인지 이번에는 턱까지 괴고 중얼중얼대고 있었다. 생각을 끝마친 협유곡주가 마치 자기 자신을 설득하려는 듯 말했다.

"네놈도 서열 구 위인 아라한신권을 보유하고 있으니 충분히 구성천의 비밀을 들을 자격이 있겠지."

"뜸들이지 말아 주시오. 그리 대단한 비밀도 아닌 것 같은데."

"대단한 비밀이 아니라고? 애송이 놈이 아무것도 모르는군."

협유곡주가 차갑게 비웃었다.

"무림의 태동기부터 전해 오는 전설이다."

"……?"

"구성(九聖)이 모일 때 천년검로(千年劍路)가 흐른다. 유구한 역사동안 전해지는 이 말대로라면, 팔성(八聖)이 모여서 일성(一聖)을 쓰러뜨릴 때, 혈영무신(血影武神)이 이 세상에 출현한다는 말이 된다."

"무, 무슨?"

나는 갑자기 알 수 없는 용어가 튀어나오니 감을 잡지 못하고 허둥댔다. 지금까지는 내 지식에 비춰서 어떻게든 이해하면서 넘어갔지만, 이건 대체 뭐란 말인가. 천년검로가 뭐고, 혈영무신이란 건 대체 무슨 말인지 알 수가 없었다.

내가 설명을 바라는 눈으로 쳐다보자 협유곡주가 씨익 웃었다.

"구성천 서열 일 위는 재앙신(災殃神)이다. 그건 무공이라기보다 생명(生命)이며, 보다 많은 존재들이 자신을 인식할수록 계속해서 강력해지는 특성을 지니고 있다. 뿐만 아니라 세상 끝까지 쫓아가서 모든 생명체를 말살하려고 한다."

"뭐라고? 당신, 지금 나를 놀리는 거요?"

나는 이야기가 너무 허무맹랑하게 흘러가자 화를 버럭

냈다. 지금 내가 화를 낼 입장이 아니고 상대가 마음만 먹으면 나를 죽일 수 있다는 것도 안다. 아니, 협유곡주는 날 쳐 죽이는 게 제일 쉬운 방법일 텐데 사정을 봐주고 있었다. 하지만 화가 날 정도로 현실감이 없는 이야기라서 어쩔 수가 없었다.

협유곡주는 이해한다는 듯 끌끌 웃었다.

"끌끌, 뭐, 이런 얘기를 단박에 이해하라는 게 비정상이지. 확실한 건 구성천 전승자들은 온 힘을 다해서 생존(生存)을 위해 그 존재를 쓰러뜨려야만 한다는 것이다."

"그래서 쓰러뜨리면?"

"쓰러뜨리는 과정에서 궁극(窮極)의 무(武)에 이르는 흐름이 생겨나는데, 이를 천년검로(千年劍路)의 류(流)라고 한다. 그리고 무의 극한(極限)에 도전할 자격이 있는지 알아보기 위해 투신(鬪神)이 출현해서 시험한다. 이를 혈영무신이라고 하는 게다."

"……그래서 혈영무신을 쓰러뜨리면?"

"무의 극한에 도달했다는 뜻이지."

"……."

"……."

그걸 지금 나보고 믿으라고? 이게 무슨 소설인 줄 알아?

"흐흠."

내가 어이없다는 눈으로 쳐다보자 협유곡주가 민망한
지 고개를 돌렸다. 그러고는 헛기침을 하면서 애써 변명
했다.

"무림에서 흔히 천인일재(千人一才), 만인일귀(萬人
一鬼), 백귀일성(百鬼一聖)이라고 하는 격언들. 그건 구
성천과 혈영무신의 전설(傳說)이 세간에 흘러나가서 변
형된 것에 지나지 않는다. 엄청난 달인인 만인일귀가 다
시 백여 명 모인 중에서도 정점(頂点)에 도달한다는 백귀
일성. 그게 바로 혈영무신을 상징하는 것이다."

"웃기는 소리 하는군."

"뭐라고?"

"이 세상에는 이미 일성(一聖)의 칭호를 받은 자가 한
명 있었잖소?"

검성(劍聖).

역사상 최강자라 불리며, 인간으로서 도달할 수 있는
지고(至高)의 강함을 지녔다고 여겨지는 자. 태천맹의 창
시에 영향을 주었으며, 백 년이 지나도록 무림의 모든 사
람들이 검성의 위명을 존경했다. 나는 검성의 기억을 겉
핥기로 보는 것만으로도 심득(心得)을 얻었을 정도로 현
묘한 경지였다.

나는 협유곡주가 답할 방법이 없으리란 생각에 득의양양해졌다. 아까부터 주는 것 없이 얄미운 인간이었으므로 당황하는 꼴을 보고 싶었다. 하지만 내 생각과는 다르게 협유곡주가 차분하게 말했다.

"태오, 검성의 기억을 읽어 봤나?"

"겉핥기긴 했지만 그 과정은 거쳤소."

"그럼 묻겠는데, 검성이 구체적으로 '어떤' 무공을 썼는지 나에게 말해 주게."

"어? 그러니까, 음……."

도리어 내가 당황하게 되었다.

'그, 그리고 보니 검성은 대체 어떻게 싸운 거야?'

기억으로는 수백만의 대군을 일거에 물리친다든가, 누구도 일검 이상 받아 내지 못했다든가, 일검으로 산맥을 갈랐다든가, 검기로 하늘의 구름을 뚫었다는 무용담이 존재한다. 그런데 정작 검성이 사용한 검기(劍技)나 무공명(武功名)에 대해서는 하나도 알 수가 없었다. 아예 기억에 존재하지 않았다.

내가 대답을 망설이자 그럴 줄 알았다는 듯 협유곡주가 말했다.

"검성의 신위(神位)를 목격한 자는 무수히 많지만 어떤 무공이었는지 알아낸 자는 천하에 아무도 없다. 심지어 남룡제와 더불어 십 년 이상 함께 지냈던 내 스승님조차 그의 무공 연원이 어디서 시작되는지 알 수 없었어."

"검성의 손자인 남룡제는 분명히 자신의 무공을 갖고 있었소."

"그건 아류(亞流)의 아류(亞流)다. 본인 입으로 아버지에게서 대충 배운 무공의 기초로 다시 알아서 익혔다고 했다."

"……."

무슨 이런 개막장 가문이 있단 말인가?!

그 말대로라면 검성 이후로 검성의 아들, 그리고 손자인 남룡제까지 모두가 검성지륜을 이어받았을 뿐이다. 나머지 무공은 전부 자기 꼴리는 대로 만들어 낸 아류(亞流)! 그게 사실이라면 이미 검성의 진신절학(眞身絕學)은 이 세상에 존재하지 않는 셈이 된다.

"스승님을 포함한 구성천 전승자들은 이미 검성의 가문을 주시하고 있었다. 확률적으로 서열 일 위일 가능성이 너무 높아서……. 그런데 딱히 세상에 아무런 일도 일어나지 않아서 모두들 결론을 내렸지."

"어떤 결론이오?"

"검성의 일족은 그냥 타고난 돌연변이다!"

"……."

진지한 얼굴로 저딴 소리를 하고 있으니 웃어야 할지…….

하지만 농담이 아닌 것 같아서 나도 그냥 입꼬리를 억지로 멈춰 세워야 했다. 내 표정에는 신경도 안 쓰는지 협유곡주가 말을 이었다.

"천재라는 말도 어울리지 않지. 별다른 이유도 없이 미친 듯이 강해지는 게 그 가문의 특징이었으니까. 검성지륜이라는 매개물이 있긴 했지만, 내 스승인 북룡제는 언제나 남룡제의 변화무쌍함을 두려워했다. 안 보고 나면 매번 달라져 있어서 사람을 공포스럽게 했지."

"그렇군요."

거기까지 말한 협유곡주가 문득 생각난 듯 나를 물끄러미 바라보았다.

"그러고 보니 네 녀석도 그 특징에 딱 알맞군."

"……?"

"별 이유 없이 강해진다는 점에서는, 네 녀석은 초대 검성의 환생이라고 해도 믿을 정도로 닮았단 말이다."

새삼스럽게 검성이라는 존재를 다시 의식하게 되었다.

그러고 보니 검성의 기억 속에서 그는 나 이상으로 무시무시한 속도로 무림을 변화시켰다. 나쁜 변화일 때도 있었지만, 검성이 나섰을 때 그의 일검(一劍)을 감당하는 자는 천하에 아무도 없었다. 무림 역사상 이런 무시무시한 인물은 한 번도 출현한 적이 없었으므로 무림은 검성을 경외시했다.

잠시 말을 멈춘 협유곡주가 말했다.

"아무튼 '궁극의 무예'라는 경지가 대체 어떤 것인지가 궁금해서 모두들 구성천의 서열 일 위를 두려워하면서도 내심 기다리는 편이지."

하나부터 끝까지 마음에 안 들었다. 마치 무협 소설이라기보다는 허무맹랑한 하룻밤의 공상을 보는 듯한 기분이었다. 눈앞의 협유곡주는 그런 이야기를 진심으로 믿고 있단 말인가?

"이해가 안 되는군."

"뭐가 말이냐?"

"세상에 재앙을 가져올 그런 괴물을 만든 건 대체 누구……."

두근.

그 순간이었다. 나는 심장이 아프면서 눈앞에 뭔가가 스쳐 지나가는 것을 느꼈다. 마치 검성지륜을 통해서 검성의 기억을 잠시나마 읽었을 때 같은 기분이었다.

'아냐. 이건 도리어…… 두려움?'

읽고 싶지 않은데 읽는다. 보고 싶지 않은데 본다. 불쾌감보다는 악몽을 마주한다는 괴로움과 두려움이 훨씬 더 큰 비중으로 다가왔다.

["축퇴(縮退)로 반복되는 시간은 인과에 아무런 영향을 미치지 않아. 지금의 나는 마음만 먹으면 과거로 되돌아갈 수 있다."

이봐, 무슨 소리를 하는 거야? 넌 모든 진입자를 이겼잖아. 무의 정점인 원영신도 이뤘는데…….

"무(武)의 극한(極限)에 도달할 때까지……."

이제 하고 싶은 걸 하면 되잖아.

"내게 이 상황을 해결할 수 있는 힘이 생길 때까지……."

왜 그렇게 사서 고생을 하는 거냐?

"계속해서 반복하겠다."

말도 안 돼. 넌 진짜로 미쳤어.

"세계가 스스로 회복하는 자정작용이 있기 때문에, 반복하면 반복할수록 순(巡)이 나타날 가능성은 낮아지게 될 거다. 그 가능성이 무(無)에 도달할 때까지 반복하겠다. 수천 번이 될지, 수만 번이 될지…… 아니면 네 말대로 무량대수에 이를지는 몰라도."

그는 가볍게, 아주 가볍게 웃었다.

"나는 반복하겠다. 천년검로(千年劍路)를 위해서."]

"……."

그렇게 놔둘 줄 알고?

"우웩!"

의지와는 관계없이 관자놀이를 마치 철사로 집은 듯이 화끈한 피비린내가 위장의 벽을 타고 올라왔다. 핏물 섞인 구토를 식도에서 막아 보지만, 상관없다는 듯 구역질이 올라왔다. 눈이 충혈되고 마치 머리가 깨질 듯한 고통이 뇌 피질을 뒤집어엎고 있었다.

아프다.

"이봐, 괜찮나?"

적인 협유곡주가 도리어 걱정해 주고 있었다.

"우웨에엑!!"

미칠 것 같았다. 그냥 머리가 돌아 버릴 것 같았다.

무림의 고수가 체면이나 상황 잊고 바닥에 구토를 하고 있다는 자괴감보다 더욱더 나를 비참하게 하는 것. 그것은 나를 이상한 눈으로 쳐다보고 있는 협유곡주가 아니었다. 아무것도 아닌 것 같은 설원(雪原)의 한 장면, 거기에서 한 자루 장검을 비껴들고 있는 평범한 사내의 뒷

모습이었다.

분했다.

"허억, 허억⋯⋯."

이유는 모르겠지만 너무 분했다. 그리고 괴롭고, 힘들었다.

도대체 너는 뭐냐? 무엇이길래 자꾸만, 아무 상관 없는 데서 튀어나와서 나를 괴롭게 하는 거냐. 대체 내 기억의 어디에 너 같은 존재가 있어야 하는 거냐?

[용안의 혈족이 아니더라도 용안은 각성할 수 있다. 마존부에 전해 내려오는 비술로. 거기에다가 세상에 흩어진 용안의 핏줄이면 각성은 더욱 쉽다. 단지 몸에 심각하게 무리가 가게 되며 최종 단계인 무기무래에는 도달할 수가 없다. 용안천성(龍眼天星)에 도달할 수 있는 건 직계 혈족의 육체뿐이다. 용안에는 삼대 요소가 있다. 독심(讀心)으로 인간의 마음을 읽어내고, 영수(靈樹)로서 인간의 세월을 읽어내고, 천성(天星)으로 인간의 시공간을 지배한다. 내 이해도를 초과하는 것을 받아들이면, 그 순간부터 뇌에 무리가 간다. 한 명의 인간은 하나의 힘밖에 운용할 수 없다. 원래 직계 혈족의 육체에는 안전장치가 되어 있었지만, 지금은 그렇지 않다.]

뜬금없는 지식이 흘러 들어왔다. 생전 듣지도 보지도 못했던 용안(龍眼)이라는 특수 능력과 그 혈족에 대한 지식이었다. 용안을 계승한 자는 무림 사상 최강의 혈인 능력을 지닌 셈이며, 일반적인 무공의 상식을 초월할 정도가 된다. 애초에 미래를 읽고 나뭇가지와 시공간을 쳐 내는 힘은 무공이라고 부를 수가 없었다.

파칭!

'뭐야? 대체 뭐야, 이건!!'

나는 내 눈동자가 구토 자국에 비쳐서 점차 일그러지는 모습을 볼 수 있었다. 흉하게 일그러져 있는 내 얼굴의 한가운데에 있던 검은 눈동자가 점차 변해 갔다. 완전히 백색(白色)으로 칙칙하게 변했다가, 어느 순간 반백반흑(半白半黑)이 되어 가고 있었다.

달라지고 있어. 뭔가가 달라지고 있어.

각성(覺醒)해 버렸다!

"……?!"

이게 아냐. 뭔가가 달라. 내가 원하는 게 아니라, 되고 싶은 게 아니라, 되어야만 하는 걸로 억지로 바뀌어 가는 느낌. 설마 처음부터 나는 여기에 없던 걸까? 대체 여기에서 나는 뭘 하고 있는 걸까?

내가 나비인지 나비가 나인지, 라고 했지만…… 여기
까지 오게 되면 아무래도 상관없는 게 아닐까? 내 이야
기는 그저 한낱 잡탕에 지나지 않는, 괴이한 공포의 편린
에 지나지 않는 것이 아닌가!

[산해경에 나오기를, 어떤 신이 있었는데 그 형상이 누
런 자루 같은데 붉기가 빨간 불꽃같고 여섯 개의 다리와
네 개의 날개를 갖고 있으며 얼굴이 전혀 없다. 가무를
이해할 줄 아는 신이 바로 제강(帝江)이다. 제강은 눈,
코, 귀가 없는 얼굴에 두루뭉술한 자루의 모습을 하고 있
으니 혼돈의 모습을 형상화한 것이다.]

주르르륵.
"뭐냐? 대, 대체 너는 뭐냐!"
앞에 서 있던 협유곡주가 기겁을 하며 물러서는 게 느
껴졌다. 반백반흑으로 변해 버린 용안의 힘이란 건 약간
앞의 미래를 예지할 뿐만 아니라 상대방의 감정도 느낄
수 있었다. 분명히 협유곡주는 굉장한 수준에 도달한 무
림인(武林人)일 테지만, 나는 처음부터 무림인이 아니었
다는 생각이 들었다.
내 눈은 살아 있는데 심장과 팔이 녹고 있었다. 녹고

있다기보다는 대기 중으로 형체 없이 빨려 들어가고 있었다. 협유곡주가 화영공주를 다른 곳에 보내 버린 게 다행이라는 생각이 들 정도로, '나'는 빠르게 사라져 가고 있었다.

기리리릭.

기리릭.

키리리리리릭.

안개에 닫힌 옛날 길을 따라 걷고 있었다. 제존(諸尊)과 천륜(天輪)이 휘도는 삼라만상(森羅萬象), 그 아래에서 나는 한도 끝도 없이 새까만 꽃의 향기를 음미하며 눈이 오는 새벽에 살아가고 있었다.

문득 화영공주와 했던 이야기가 머릿속에 떠올랐다.

"저기…… 소협, 그 책은?"

"무협 소설이오. 탈혼경이라고…… 정말 재미있소."

"네? 그, 그런가요? 제목이 다른 거 같아요. 위신경(爲神經)이라고 되어 있네요."

"뭐?"

"정말이에요. 위신경이라고 적혀 있잖아요."

"아닌데."

"아으으으……."

"……."

그다음에 어떻게 했더라? 갑작스럽게 광기(狂氣)에 미쳐 돌아서, 내가 아닌 무언가에 쓰인 것처럼, 화영공주에게 탈혼경(奪魂經)을 읽게 했다. 지금 생각해 보면 그저 무협 소설을 읽어 보라고 권한 것뿐이었지만, 그건 내 생각일 뿐 아닐까?

'만일에 그때도 지금 같은 괴이(怪異)에 휩싸여 있었다면…….'

그녀 앞에서의 내 모습은, 차라리 한 마리의 괴물(怪物)과 다르지 않는 거 아니었을까?

거기까지 생각했을 때, 갑자기 찬물을 머리에 끼얹은 것처럼 등골이 싸늘해졌다. 내가 널브러져서 토악질을 해대는 이 상황 속에서, 관계없이 제멋대로 변해 가는 나의 몸(體)을 알아챘기 때문이다. 처음에는 그저 용안을 깨우쳤을 뿐이지만, 지금은 더 이상 예상이 불가능할 정도로 골격과 세포까지 모조리 변화하고 있었다.

"안 돼! 안 돼!!"

나는 울부짖으며 그 자리에서 일어섰다. 이게 강해지기 위한 과정이란 건 알고 있다. 이유는 모르지만, 지식(知識)은 이미 내 안에 깃들어 있었다. 하지만 도저히 이게 검성지륜을 통해서 받아들인 기연(奇緣)이라고는 생각되지 않았다.

상식을 초월한, 죽음을 뛰어넘은 무언가의 절규(絶叫)가 메아리치고 있었다. 이건 기연이 아니라 저주(咀呪)다! 협유곡주가 혼돈을 통해 걸어 놓은 것과는 비교도 되지 않을 정도로 흉험하고 불길한 저주란 말이다!

"협유곡주! 나를 죽여!!"

"뭐라고?!"

뜬금없는 말에 협유곡주는 당황한 듯했다. 그는 진심으로 날 죽일 생각은 처음부터 없었고, 나와 대화하면서 검성지륜을 교섭할 생각뿐이었다. 하지만 상황이 극적으로 변해 가면서 그는 자신이 어떻게 해야 할지 선택해야 할 지경에 처한 것이다.

나는 당황하는 협유곡주에게 외쳤다.

"이건…… 이건 검성지륜의 힘이 아니야! 처음부터, 이런 게 아니야! 조금 더 지나면…… 나는 더 이상 막을 수 없게 된다고!!"

나도 내가 무슨 말을 지껄이는지 알 수 없었다. 되는대로 말하는 것 같지만, 다 이유가 있는 것 같았다. 필사적으로 구원을 원하면서도 '나'는 죽어야 한다는 생각이 세뇌된 것처럼 박혀 있었다.

"그리하지."

협유곡주가 안색을 바꾸더니 양손에 힘을 모았다.

무상천마(無常天魔).

삼십육정성환(三十六精星丸).

파캉!

매우 짧은 순간이었다. 고수인 나조차도 찰나라고 느끼는 순간에, 엄지손가락처럼 조그마한 강환(罡丸)이 공간을 격하고 내 전신에 박혀들었다. 개수는 정확히 서른여섯 개였는데, 하나하나의 파괴력이 말도 안 될 정도로 높았다.

'안 막았어도…… 못 막았겠군.'

나는 곧 그 자리에 쓰러지며 죽음을 기다리게 될 줄 알았다. 협유곡주의 공격은 그만큼 정확하고 강력했다. 삶의 마지막을 이렇게 어이없이 장식할 줄은 몰랐지만, 방금 전까지 변이(變異)해 가는 공포감은 삶의 미련을 잊을 정도로 강렬했던 것이다.

그러나 내 바람은 이루어지지 않았다.

"……."

"……."

슈르르륵.

강환으로 뚫린 자리에서 붉은 연기가 샘솟더니 이윽고
상처가 처음부터 없던 것처럼 되돌아왔다. 치유 속도가
너무 빨라서 육안에 보이지 않을 정도였다. 붉은 연기가
잠시 내 몸을 감싸더니, 순식간에 내 몸은 정상으로 되돌
아왔다.

나보다 협유곡주의 충격이 더 큰 듯, 그는 말까지 더듬
거렸다.

"뭐, 뭐, 뭐냐. 이 세상 어떤 술법(術法)으로도 그런
짓은…… 너는 게다가 살아 있는 인간인데…… 설마 불
사신(不死身)?"

"아닐 거야, 지금은 아닐 거라고."

나는 미쳐 버릴 것만 같은 정신을 가까스로 진정시키
며 중얼거렸다. 잘은 모르겠지만, 이 몸은 불사신처럼 편
리한 게 아니었다. 그렇다기보다는 전혀 반대쪽의 원리로
현재 상태를 유지하는 사법(邪法)에 가까웠다. 내가 간신
히 관자놀이를 억누르며 기를 쓰고 중얼거렸다.

"이건 활강시(活殭屍)를 만들어 내려다 우연히 도달해
낸 회혼지시법신(廻魂止時法身)…… 공격이 성립되지
않고, 핵(核)도 없어서 죽일 수도 없다……. 아, 대체 이
건……."

"뭐?! 그런 술법 따윈 들어 본 적도 없다! 네가 그런 꿈같은 대법을 받았단 말이냐!"

"아냐, 내가 원한 게……."

지끈.

나는 머리를 부여잡으며 계속해서 고통에 몸부림쳤다. 육체의 고통보다는 정신이 빠르게 무너지는 것 같은 환각이 도저히 견디기가 힘들었다. 뇌 한구석에 내가 아닌 '무언가'가 짓물린 발바닥으로 스며 들어오는 듯한 느낌이 들었다. 원래부터 이렇게 살아왔으면 모르되, 지금은 정신도 육체도 모조리 바꿔 버리려는 기세였다.

"흐아아……."

내 영혼을 잡아 움켜쥐고 있는 악마가 속삭이는 게 들렸다.

[네 마음껏 움직여라. 모든 게 이치대로 흘러가고 있다…….]

이해 불가. 생각 불가. 행동 불가.

보통 무협 소설에서는 이럴 때 폭주(暴走)하곤 했다. 폭주해서 주변의 모든 것을 쓸어버린 후, 죄책감에 휩싸였다. 하지만 이 상태는 조금 달랐다. 대놓고 이성을 잃는 게 아니라, 내 이성은 멀쩡하지만 아무래도 상관없는 방대한 지식이 들어오면서 몸까지 바뀌고 있는 것이다.

'위험해. 이대로는 정말로…… '내'가 사라져 버린다.'

결국 나는 최후의 수단을 선택하기로 했다.

꽈광!

"이…… 미친놈!!"

마치 번개 치는 듯한 소리와 함께 내 몸이 모로 쓰러졌다. 내 모든 공력(功力)을 모아서 천령개(天靈蓋)를 내려쳤기 때문이다. 보통은 그냥 공력을 조금만 실어도 정통으로 맞으면 대라신선도 살릴 수 없는 급소였다. 그런데 공력을 한껏 끌어모았으니, 원래라면 내 몸뚱어리는 핏덩어리가 되어서 사방으로 비산해야 정상이었다.

'실패다.'

머릿속이 아찔해졌다. 결과는 같았다. 천령개가 폭발하기는커녕, 그저 따끔하고 말아 버린 것이다. 멍하니 내 자살행위를 보던 협유곡주가 말했다.

"연혼불괴(燃魂不壞)."

전신의 혈맥이 하나로 통합되어 버렸다. 천령개라고 불리는 급소는 이미 사라져 버리고, 오히려 기(氣)로 이루어진 하나의 몸뚱어리가 출현했다. 내면에는 알 수 없는 회광(回光)이 휘돌고, 양손에는 오행(五行)이 깃들었다. 인간(人間)이라고 부르는 영역에서 이미 한참이나 멀어져 있다는 게 나 스스로도 느껴지고 있었다.

"반선지경(半仙之境)에 이르러야 얻을 수 있다는 초월
기공(超越氣功)이 실제로 존재할 줄은 몰랐거늘."

"효과가…… 뭐지?"

정말로 우스운 일이었다. 지금 나는 차라리 나를 죽여
주길 갈망하고 제멋대로 바뀌어 가는데, 협유곡주는 멍하
니 관찰을 하고 있었다. 협유곡주도 그 모순을 간파했는
지 잠시 헛기침을 하더니 대답했다.

"무적(無敵)."

"……."

"삼천 년 전, 초대(初代) 천마(天魔)가 천수 삼백육십
칠 세로 죽을 때까지, 연혼불괴는 누구도 깨지 못했다.
이후로는 누구도 익히지도 못했고."

콰과광!

말이 끝나자마자 다시 협유곡주는 절학(絕學)을 동원
해서 무방비인 내게 공격을 가했다. 이번에는 강환에 검
기까지 섞여 있어서 만년한철이라도 관통할 위력으로 보
였다. 하지만 역시나 피부가 따끔거리는 느낌이 들 뿐,
아무렇지도 않았다.

"그래. 무상천마의 직계인 나조차도 십만대산 멸망(滅
亡) 때 사라진 연혼불괴의 수련법을 알지 못한다."

손을 휘젓던 협유곡주가 침통한 기색으로 말했다.

"그랬군. 이제야 네 정체를 알겠다……."

"뭐?"

"갑운애루주가 구성천 전승자의 회합을 개최할 때 귀찮아서 나가지 않았는데, 바로 네놈이 출현했기…… 때문이었나."

무슨 말인지 모르겠다.

"후회되는군. 이 자리가 내 무덤일 줄이야."

몸과 정신이 극심히 변화해 가는 와중에 협유곡주 길상의 눈이 새까맣게 변하는 것을 볼 수 있었다. 분명히 한 번도 본 적이 없는 현상이지만, 내 지식은 저게 무엇인지 이미 알고 있었다. 나도 모르게 내 입술이 움직였다.

"그거, 안다."

"뭐라고?"

"무상천마 제육단계(第六段階), 백팔마황윤회(百八魔皇輪回). 도달한 순간 화경(化境)에 이른다는 개세신공(蓋世神功)인가."

그는 대답하지 않았다. 단지 얼굴 가득히 놀란 기색이 있었다.

"……."

"그 흑안(黑眼)은 백팔마황윤회로 손에 넣을 수 있는, 팔색안(八色眼)의 하나인 묵안마경(墨眼魔鏡). 시공간(時空間)을 제어해서 가속하고 멈출 수도 있는 이능력(異能力)."

팔색안 내에서의 서열은 칠 위. 밑바닥에 가까우며 팔색안 중에서 최약체로 분류된다. 물론 어쨌든 보통 인간과는 비교할 수 없을 정도로 강하다는 건 사실이다.

"의심할 여지가 없군. 설마 팔색안조차도 알아보다니."

키리리리릭.

협유곡주는 중얼거리면서 손뼉을 쳤는데, 그 순간 마치 쇠가 긁히는 듯한 소리와 함께 이질적인 공간이 원래대로 돌아왔다. 그의 눈은 완벽하게 묵빛으로 물들어 있었고, 눈동자의 깊은 곳에서는 한계를 모르는 광기(狂氣)가 꿈틀거리고 있었다. 본디 지닌 무공실력도 무림에서 열 손가락 안에 드는 자가 이능력까지 개방했을 때의 힘은 상상조차 하기 힘들 것이다.

"내가 혼돈의 법계(法戒)로 금제를 걸어 봤자 통할 리가 없겠지. 검성지륜 때문이 아니야……. 네가 원래부터 영왕수(靈王獸)이기 때문이겠지."

"영왕수?"

"파천(破天)의 마왕(魔王)도, 구세(求世)의 신인(神人)도 감당할 수 없으며 실체를 알 수 없는 멸망(滅亡)의 증거(證據)……. 그 눈은 이 세상의 모든 이치를 관통하며, 그 형상은 태초의 우주를 간직하고 있다. 마교비록(魔敎秘錄)에 새겨진 이야기가 사실이었을 줄은."

파칭.

그 순간이었다. 내 주변의 시공간이 급격히 느려지더니, 숨 쉬는 순간조차 고통으로 변하게 되었다. 어림잡아서 오백 배(五百倍)는 되는 것처럼 보였다. 이 정도면 시간 정지(時間停止)라고 봐도 무리가 없을 것이다.

팔색안 묵안마경의 사기스러운 점은, 이렇게 시간이 느려진 상태에서도 소유자는 평상시처럼 움직일 수가 있다는 사실이었다. 말 그대로 삼류조차도 초절정고수를 죽이는 게 가능한, 무시무시한 능력이다. 하물며 원래부터 초강자에 속하는 협유곡주가 발동시킨 상태에서는 천하에 당해 낼 자가 있을 수 없었다.

휘리릭.

협유곡주의 몸은 잔영(殘影)조차도 보이지 않았다. 그가 보낸 짧은 육합전성이 기나긴 타격의 순간 동안에 맴돌았다.

[내 기력(氣力)이 다할 때까지, 시간 가속(時間加速)

이천팔백 초(二千八百招)! 모조리 네놈을 없애기 위해
쏟아부어 주마!!]

쿠콰콰쾅!

뭐, 뭐지? 이건…… 말도 안 된다. 내 몸이 이미 피죽
처럼 변했다고 믿을 만큼, 무수한 참격(斬擊)과 타격(打
擊)이 어마어마한 속도로 쇄도해 왔다. 연혼불괴의 체
(體) 때문에 실제로 다치지는 않았지만, 얼추 수십만 번
의 공격이 날아온 듯싶었다. 공격 하나하나가 절세신공의
위력을 담고 있다고 생각하니 섬뜩했다.

몸 근처에서 자욱하게 먼지가 일어났다. 돌풍과 함께
제자리로 돌아간 협유곡주의 한 손에는 섭선이 들려 있었
는데, 섭선이 하늘로 던져지더니 내 몸이 아예 꼼짝하지
않았다. 내가 물끄러미 그를 바라보자 그는 재차 묵안마
경을 발동했다.

참절(斬截).
무식(無式).
파천황(破天荒).

이후로 약 일각 동안, 나는 쉬지 않고 얻어맞고 찢기고
불타고 스러졌다. 아직까지 살아 있는 게 이상하다고 느

껴질 정도로, 나는 평생 맞을 분량을 다 맞고 있었다. 그러나 따끔거리기만 할 뿐, 전혀 아프거나 괴롭지 않았다.

'엄청나다……'

혼(魂)으로 이루어진 절대방어(絕對防禦). 초대 천마가 연혼불괴를 익힌 이후 한 번도 깨지지 않은 건 당연한 일이었다. 혼이 굳세게 버티고 있다면 윤회나 시공간 간섭조차도 무효화시키는 힘이기 때문이다. 주나라(周)의 최후의 후손으로서 망국의 집념을 떠안고 살아가던 천마이기에 완성시킬 수 있던 유일무이한 비술(秘術).

"크윽……."

한참이나 전력을 쏟아붓던 협유곡주는 이윽고 허탈한 표정으로 물러섰다. 그의 양팔은 피로감 때문에 떨리고, 눈에 맺혀 있던 정광(精光)이 사그라들어 있었다. 수만 명도 학살할 만큼의 공격을 퍼부었지만 내게는 생채기도 나지 않았기 때문이다. 나는 그런 협유곡주에게 지식(智識)대로 말해 주었다.

"동격(同格)에 존재하는 절학(絕學)이 아니면 결코 연혼불괴를 뚫을 수 없다는군……. 무상천마로는 격이 떨어진다."

"흐흐, 그건 나도 알고 있었다……. 단지 시험해 봤을 뿐."

그는 고개를 절레절레 저었다.

"이번 공격이 먹히지 않는다면, 목을 내놓겠다."

"그만둬."

나는 안타까운 기분이 들어서 이를 악물었다.

'이런 건 무(武)가 아냐! 전혀…… 내가 이룬 것도, 내가 원한 것도 아닌 힘인데!'

연혼불괴에 회혼지시법신. 기공 최고의 절대방어와 술법 최고의 절대육체가 합쳐졌으니 지상의 어떤 무공으로도 지금 나를 해(害)하는 건 불가능했다. 하지만 지금까지 전혀 알지도, 생각하지도 않던 무공을 제멋대로 얻어봐야 그게 무슨 의미란 말인가. 내가 괴물로 변해 간다는 실감 때문에 혐오감밖에 들지 않았다.

하지만 지금은 자해(自害)조차도 불가능했다. 천령개를 박살 내는 게 실패했으니 혈도를 역행(逆行)시키거나 전신의 기혈을 폐(廢)하려 해 봤다. 하지만 혈도는 내 의지와 상관없이 완벽하게 흐르고, 기혈도 모두 통합되었다. 나는 지금 인간이되 인간이라고 부를 수가 없는 육신이 되어 버린 것이다!

"간다."

무상천마(無常天魔).

백팔마황윤회(百八魔皇輪回).

대륙의 마맥(魔脈)에 존재하던 수많은 마공(魔功)의
달인(達人)들과 일천 번 겨루고, 일만 번을 고찰한 끝에
초대 천마가 기초를 만들어 낸 무상천마의 초필살기. 한
단계 상승하면 그대로 마신지경(魔神之境)에 오른다고
할 정도로, 이 세상 마(魔)의 정수(精髓)를 끌어모은 힘!
현재까지 백팔마황윤회를 정면에서 받아 낼 수 있는 건
각 구성천 신공의 최후 단계와 검성지류의 절학뿐이었다.

쿠우우우!!

"백팔마황윤회와 묵안마경은 동시에 쓸 수 없다는 게
아쉽군……."

회백색 기운이 협유곡주의 한 손에 맺혔다. 나는 그 기
운이 이미 무형검(無形劍)이나 다름없는 잠재력을 품고
있다는 걸 깨달았다. 어떠한 종류의 호신강기나 술법으로
도 백팔마황윤회를 막을 수는 없을 것이다.

'저거라면 혹시…….'

"죽어라!!"

협유곡주는 외마디 호령을 터뜨리더니 그대로 백팔마

황윤회를 전개했다. 북룡제의 제자로서 무상천마의 정통 후계자인 협유곡주가 전력으로 싸우는 걸 눈앞에서 보고 있으니 가슴이 울컥해져 왔다.

만다라가 역상(逆上)했다. 인과의 흐름이 뒤틀리며 허공에 뇌전이 튀었다. 과연 연혼불괴라고 해도 백팔마황윤회의 위력은 무시할 수 없는지, 아예 혼력(魂力)을 꿰뚫고 짓쳐들어오는 것이다. 지상 최강이라는 이름에 걸맞게 존재하는 모든 것을 관통하려는 성질을 지니고 있었다.

우드득.

협유곡주의 팔뼈가 부서지는 소리가 들렸다. 그는 연혼불괴의 장벽을 한차례 뚫는 데 성공했으나, 그 대가로 자신의 팔을 내줘야만 했던 것이다. 그러나 협유곡주는 아랑곳하지 않고 마저 팔을 뻗어서 세 치 간격에 있는 내 심장을 노렸다.

'할 수 있을까? 연혼지시법신은 공격 자체를 '없던 것'으로 되돌리는 능력인데……!!'

"반격…… 해라……."

파지직.

그때였다. 뇌전과 화염이 튕기는 충돌의 현장에서 협유곡주가 이를 갈며 말했다. 내게 하는 말이란 걸 퍼뜩 깨닫고 그와 시선을 마주쳤다. 협유곡주의 코와 이마에는 땀이 송골거리며 맺혀 있었는데, 그가 필생의 힘을 다하고 있다는 뜻이었다.

"네 마음이 뒤흔들릴수록 연혼불괴는 약해지고…… 각성은 늦춰진다……."

"하지만 그러면 당신은 바로 죽을 것이다."

"크크크…… 애송이 놈! 나는 천년마교 무상천마의 계승자다. 나를 얕보지 마라!"

"……알았소."

나는 차라리 협유곡주를 죽일 생각으로 손발을 휘둘러서 내 최대의 무공을 펼쳐 내기 시작했다. 고통 받게 하느니 차라리 빠르게 숨을 끊어 주고 싶은 생각마저 들었다. 게다가 눈앞의 마인(魔人)에게 내 무공이 얼마나 통할지에 대한 호기심도 있었다.

부웅.

광혈인(光血印)이 흩날리며 협유곡주의 전면으로 날아들었다. 고작 반 치의 거리에서 협유곡주는 당연한 듯이 흘려보내며 한 팔로 내 다리를 후려갈겼다. 나는 고통을 느끼지 못했지만, 중심이 흐트러져서 기우뚱거렸다. 재빨리 자세를 잡으며 협유곡주의 심장을 수도(手刀)로 꿰뚫으려 했다.

협유곡주의 장심이 그 순간 내 팔꿈치를 흘려 치면서

목을 부드럽게 감았다. 나는 아차 하는 순간에 머리끝부터 땅바닥에 처박혔으며, 형편없이 나동그라지며 두 바퀴나 공중회전했다. 역시 고통도 피해도 없었지만, 기가 막혀서 실실 웃었다.

"하하······."

순수한 기(技)만으로 나를 날려 대는 협유곡주를 보자 정말로 수준이 다르다는 생각밖에 할 수 없었다. 짤막한 수행으로 힘을 얻고는 잘난 체하던 나 자신이 멍청하게도 느껴졌다. 도대체 고작 내 주제에 무(武)를 깔볼 자격이 있었다는 건가?

주춤거리며 몸의 균형을 되잡았을 때, 협유곡주가 쿨럭거리며 피 섞인 기침을 토했다. 기력을 많이 소모해서 힘들어 보였다. 그러나 그는 시커멓게 죽은 눈의 기미를 가리며 말했다.

"잘했다. 연혼불괴의 자연체는 최고의 방어이니, 네 어설픈 움직임이 틈을 만들어 준다. 한 번만 더 공격할 수 있다면······ 죽일 수 있을지도······."

"여기서 그만두시오. 연혼불괴는 뚫을지 몰라도 회혼지시법신은 어떻게 하려고?"

"그건 방법이 있다······."

쿨룩!

협유곡주는 크게 피를 토했다. 하지만 그는 힘을 잃지 않으며 올바른 권법 자세를 취했다. 무상천마의 기수식이었다. 도리어 만면에 미소를 짓는 듯이 보였다.

"자세를 잡아라."

이어진 말에 머릿속에 둔중한 충격이 울렸다.

"무인(武人)의 예(禮)다."

생로병사를 막지 못하는, 그냥 인간일 수밖에 없었다는 증거가 중요한 것이 아니다. 그 위대함은, 그가 성도하여 부처가 되었다는 것이다.

'……그는 죽었다.'

그는 생로병사의 비밀을 알기 위해 고행을 했다. 결국 그는 영원히 죽지 않는 방법을 깨달았다.

그는 죽었다. 부처를 만나려면 부처를 죽이라고 했다. 바로 이 부처를 죽이라고 하는 것이다. 그의 법신(法神)은 죽지 않고 과거, 현재, 미래에도 영원히 존재한다.

무한(無限)의 법륜(法輪).

부처의 깨달음과 마찬가지로, 수천수만 년을 이어져오며 발전하는 무혼(武魂)의 고리가 눈앞의 협유곡주에게서 느껴졌다. 나는 알 수 없는 슬픔과 동경, 외로움을 느끼며 눈물을 줄줄 흘렸다.

"어째서……?"

이유를 모르겠다. 나는 원래부터 무인은 아니었을 텐데, 영혼을 바쳐서 수련한 적도 딱히 없는데, 어째서 무구한 세월 동안 이어지는 열정과 혼에 이토록 감동하게 되는 것일까? 어째서 동경을 느끼는 것일까?

재차 백팔마황윤회가 덮쳐 왔다. 나는 막지 않아도 피해가 없다는 걸 알고 있었지만 최선을 다해서 그 공격에 대항했다. 어쩌면 그건 몸체의 우월함으로 승리하고 싶지 않다는 어린 치기였을지도 몰랐다.

"하아아!"

방금 전처럼 형편없이 나동그라지진 않겠다. 나는 그렇게 마음먹고는 광혈인과 아라한신권을 제외한 무공을 펼치기 시작했다. 천휘삼절검(天輝三絶劍)이 펼쳐지자 백팔마황윤회의 흐름 중에서 열두 개를 끊어 냈지만, 여전히 맹진(猛進)하는 수법 전개를 어쩔 수가 없었다. 나는 막을 수 없다는 걸 깨닫고 검을 버린 채 아예 일백팔 개의 흐름 속으로 몸을 날렸다.

불꽃에 뛰어드는 부나방 같은 꼴이었지만, 나는 신기하게도 그 흐름 속에서 수선사계(水仙四季)의 움직임으로 자유자재로 움직일 수 있었다. 협유곡주는 당황하다가 곧 미소를 지으며 전음을 날렸다.

[과연 너는 그 두 사람의 제자다.]

꾸웅.

빈틈은 피할 수가 없었다. 협유곡주의 장심이 내 목젖을 타격하고, 이어서 손가락이 인중을 찌르고, 마지막으로 팔꿈치가 내 이마를 때렸다. 일련의 과정은 단순해 보였지만 그 자체로 백팔마황윤회의 필살기인 마왕(魔王)으로, 천지인 삼재를 모두 맞은 인간은 내부에서 몇 십 배나 되는 폭발력 때문에 죽을 수밖에 없는 것이다.

쿠궁!

나는 몸속이 끓어오르는 것을 느꼈다. 결국 연혼불괴가 부서져 버린 것이다. 하지만 혈맥이 끓어오르고 전신이 파괴되려고 하는 때, 연혼지시법신의 힘이 발동했다. 다시금 붉은빛이 새어 나오더니 온몸을 치유하려고 했다.

"이걸로 됐다."

더 이상 휘둘리지는 않겠다. 나는 그 순간, 다시 수도를 모아서 내 천령개를 내려쳤다. 아까 전과는 다르게 머리가 박살 나는 느낌과 함께 확실한 죽음이 덮쳐 왔다.

그렇다.

나는 죽은 것이다.

5.
환룡(幻龍)

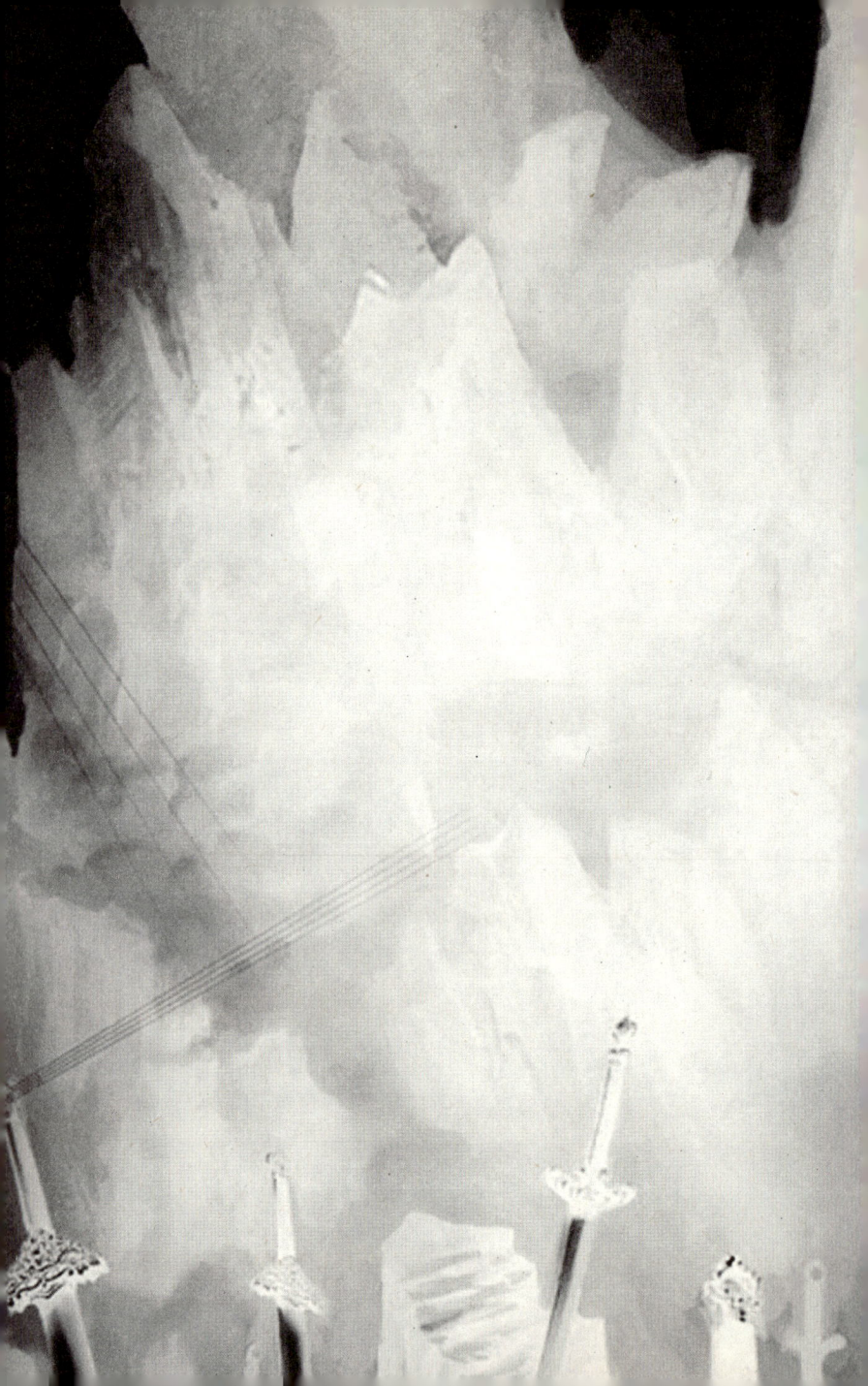

태오(太烏)의 시신을 내려다보던 협유곡주는 이마의 땀을 닦았다. 팔 할 이상의 기력(氣力)과 정념(情念)을 쏟아 버려서 적어도 한 달 동안은 누워서 자리보전을 해야 할 듯했다. 진원진기까지 몰아서 써 버렸으니 남은 수명도 십여 년 정도 깎였음이 틀림없다.

　"헉, 헉……."

　협유곡주는 믿겨지지 않는다는 눈으로 자신의 손을 내려다보았다.

　"정말…… 내가…… 구성천 서열 일 위, 영왕수(靈王獸)를 쓰러뜨렸단 말인가?"

황당해서 도저히 믿을 수가 없었다.

구성천 서열 일 위, 영왕수!

세상의 창조와 멸망에 관여했다는 태초의 존재, 영왕 (靈王). 영왕은 은주시대가 끝나고 신화시대가 종말을 맞이하자, 현세의 인간들을 미워하고 증오해서 한 가지의 저주를 내렸다. 영왕의 짐승이 태어나서 무림(武林)이라 불리는 세계를 현혹하고, 결국에는 흉왕(凶王)으로 각성해서 이 세상의 무(武)를 소멸시킨다는 저주였다.

허황된 전설이나 신화로 보였지만, 구성천 전승자들은 그 전설이 사실이란 걸 알고 있었다. 실제로 영왕수는 유사 이래 세 번이나 출현했으며, 그때마다 전승자들이 도전해서 없애 버렸다. 영왕수의 위력은 상상을 초월할 정도지만, 구성천의 최종 단계도 충분히 초인의 단계였기 때문이다.

영왕수를 쓰러뜨리고 나면 혈영무신이라는 존재가 출현해서 무의 극한을 시험한다고 하지만, 확인했는지 어땠는지는 언급이 없었다. 기록이 없기도 했으며 영왕수를 정당한 방법으로 쓰러뜨린 적은 한 번도 없었기 때문이다.

"이제…… 혈영무신이 나오는 건가!!"

협유곡주 길상은 주먹을 불끈 쥐었다. 눈앞에 머리가

부서져서 죽어 있는 태오의 시신을 보자 식은땀이 솟아올랐다. 아무리 대단한 영왕수라고 하지만 고작 무공 배운 지 일 년도 안 된 아해를 상대로 죽일 수가 없어서 곤란할 줄이야. 조금만 더 시간을 줬다면 어떤 괴물이 출현했을지 상상도 되지 않았다.

사위가 조용했다. 아무런 소리도 나지 않았다. 공기조차도 침묵 속에서 냉엄하게 감돌 뿐, 특별한 변화는 존재하지 않았다. 한참이나 긴장하고 있던 길상은 문득 이상한 소리가 들리는 것을 느꼈다.

[예상 밖으로 일찍 끝났군.]

번쩍.

번개가 몰아쳤다. 마른하늘인데도 벼락 한 줄기가 방안에 내리꽂히더니, 길상의 눈앞에 하나의 인영(人影)이 출현했다. 협유곡주 길상조차도 빛의 속도를 눈으로 간파하는 건 불가능하기에 눈앞의 괴인의 출현은 속수무책이었다.

우우우우.

"네놈은?!"

나타난 자는 얼굴[面]이 없었다. 그리고 기(氣)가 존재하지 않았다. 보랏빛 장포를 매어 입고 있지만 복장에는 신경이 가지 않았다. 왜냐하면 두 가지 사실이 무엇을 뜻하고 있는지 잘 알고 있었기 때문이다.

생명체가 아니다!

일반적인 무공 수법으로는 살해가 불가능하다는 사실을 의미했으므로 길상은 마른침을 삼켰다. 자신의 술법을 동원하면 방법이 있겠지만, 태오를 상대하느라 진력을 다 뺀 시점에서 이런 괴인을 감당하는 건 부담스러웠다.

괴인이 자신을 돌아보는 것처럼 느껴졌다. 암운(暗雲)이 드리워져 있어서 명확한 형태는 전혀 보이지 않았다. 흡사 자신이 불러낸 환술 생명체, 혼돈과 닮은 모습이었다.

[축하하네. 스스로 죽음을 택했다고는 하지만 태오를 쓰러뜨리다니, 훌륭해. 자네가 무상천마의 후예로군.]

'아군이 아닌 건가?'

눈앞의 보라 장포 괴인이 누군지 감도 잡히지 않았다. 하지만 길상은 제정신을 차리면서 냉정하게 머리를 굴렸다. 그러고는 천천히 대답했다.

"그대는 누구인가?"

[나는 환룡(幻龍). 책을 가져가려고 왔다네.]

스윽.

환룡이라고 자칭한 존재는 손을 뻗었다. 그의 오른손 또한 알 수 없는 기호와 문자로 가득 들어차 있었는데,

술법에 정통한 협유곡주도 무슨 뜻인지 알지 못했다. 널브러져 있던 태오의 시체에서 하나의 책이 붕 떠올라서 환룡의 손에 잡혔다.

환룡은 암운으로 뒤덮인 머리를 앞으로 내밀어서 책의 제목을 확인했다. 탈혼경(奪魂經)이라고 쓰여 있는 걸 확인하자 책 표지를 털어서 자신의 장포 자락에 집어넣었다. 환룡이 자신의 관을 고쳐 쓰고는 말했다.

[그럼 즐거웠네. 다음에 또 보지.]

"무슨 소리냐?"

협유곡주 길상은 인상을 찡그렸다. 눈앞의 환룡이 범상치 않은 존재라는 건 알고 있었지만, 여기서 아무런 얘기도 못 듣고 끝나 버리면 억울할 것 같았다. 무엇보다도 구성천 서열 일 위를 쓰러뜨렸을 때 일어나는 일은 지금까지 그 누구도 모르고 있기 때문이다. 무인으로서보다 술법사의 탐구심이 고개를 내밀었다.

"설명을 하고 가라! 나는 태오를 쓰러뜨렸으니 들을 자격이 있다."

[아, 그래? 그럼 설명을 해 주겠네.]

"어? 어……."

너무 순순한 태도로 의자에 걸터앉자 도리어 협유곡주가 당황했다. 아직 호의도 악의도 구분되지 않는 상황이라서, 상대방과 목숨 걸고 싸울 각오도 했기 때문이다. 의자에 편하게 앉은 환룡이 먹구름 드리운 팔을 앞으로 내밀었다.

[결론부터 말하자면, 혈영무신은 오지 않아.]

"뭐라고! 어째서……."

[저건 아직 안 죽었으니까.]

환룡의 말에 협유곡주는 반사적으로 태오를 바라보았다. 천령개가 깨어지고, 뇌수가 튀어나오고, 생명 활동이 완전히 정지해 있다. 아무리 연혼불괴에 회혼지시법신이라고 해도 저렇게 되면 살아나지 못한다. 죽은 생명이 되살아날 수 없는 것은 세상의 법칙이기 때문이다.

'혹시 강시?'

태오가 강시로 살아날 가능성을 생각해 봤지만, 역시 있을 수 없는 일이었다. 협유곡주가 머리를 굴리고 있을 때 환룡이 탈혼경을 다시 소매 자락에서 꺼냈다. 아까와는 달리 제목이 위신경(爲神經)으로 변해 있었다.

[원래라면 태오는 호북성에 있을 소설 작가(小說作家)인 나를 만나러 왔어야 했지. 하지만 몇 번인가 예정이 틀어지는 바람에 엉뚱한 곳에서 각성해 버린 걸세. 그러니까 자네 혼자서도 쓰러뜨릴 수가 있었지.]

"쓰러뜨렸는데 죽지 않았다고? 미친 소리."

퍼엉!

협유곡주가 이를 악물고 강기를 날렸다. 손끝에서 뻗어 나온 기운이 폭발음을 내며 태오의 몸을 터뜨렸고, 죽은 상태라서인지 아무 저항 없이 고깃덩어리가 되어서 찢겨 나갔다. 시체가 박살 나는 꼴을 보고도 환룡은 아무런 변화가 없었다.

협유곡주가 외쳤다.

"봐라! 시체까지 갈기갈기 찢었다! 이게 어떻게 죽지 않은 거냔 말이다!"

['죽음'의 정의가 뭔가?]

"……."

[그걸 확실히 하지 않으면 이번에도 구성천은 영왕수를 쓰러뜨릴 수가 없을 거라네.]

후우우우.

놀라운 일이었다. 환룡이 그저 가볍게 소맷자락을 떨쳤을 뿐인데, 그 순간 사방에 비산했던 태오의 시체와 핏물, 잔해 따위가 모조리 사라져 버렸다. 그리고 사라진 시체는 허공에서 시꺼먼 형태가 되어서 조그맣게 흐르기 시작했다. 마치 검은 모래처럼 보일 정도였다.

'저건…… 글자[字]?'

글자의 조각은 이내 소맷자락에 빨려 들어갔고, 태오

는 애초부터 이 자리에 없던 것처럼 완전히 말끔해지고 말았다. 협유곡주 길상이 알고 있는 어떤 무공이나 술법으로도 불가능한 일이라, 그는 지금 무슨 일이 일어났는지 이해하기 위해 머리를 쥐어짜야만 했다.

그때, 환룡이 손가락을 튕겼다.

[복잡하게 생각할 것 없네. 이건 그저 요담(妖談)에 지나지 않고, 자네는 민들레꽃처럼 스쳐 지났을 뿐. 다음에 볼 때는 좀 더 재밌겠지.]

"요담이라니? 그놈, 태오가 다시 살아난다는 거냐!"

[죽은 게 아닐세. 으음, 설명하자면 말이야…….]

환룡은 소설 위신경을 꺼내서 펼쳤다. 허공에 떠오른 책은 휘광(輝光)을 뿜어내더니 이윽고 팔락거리며 장을 넘기기 시작했다. 왠지 장난기 어린 목소리가 흘러나왔다.

[죽기 위해서 무엇이 필요한가?]

"점점 알 수 없는 소리를 하는군."

협유곡주가 주춤거리자 환룡이 나직이 말했다.

[일단 살아 있어야 죽을 수 있는 게 아닌 걸까나?]

"……!!"

알쏭달쏭한 수수께끼 같았다. 하지만 지식과 지혜가 깊은 협유곡주는 그 말을 듣자마자 섬뜩한 기분이 들어서 안색이 창백해졌다. 태오라는 존재가 애초부터 '살아 있는' 게 아니었다면, 방금 전까지 자신이 싸우고 있었던 건 대체 뭐란 말인가.

[후후, 또다시 검성(劍聖)에게 방해받을까 봐 두렵군. 불청객은 이만 가 보도록 하겠네.]

"잠깐!!"

스각.

협유곡주는 환룡을 멈춰 세우고자 했지만, 다음 순간 자기 손목이 날아가 있다는 사실을 알아챘다. 말 그대로 무공이 극고(極高)에 달한 협유곡주도 눈치채지 못한 기습이기에 놀라운 일이었다. 지상의 어떤 살수도 그의 감각을 속이지는 못하기 때문이다.

'검기(劍氣)? 아니다. 마황지체(魔皇之體)에는 이르지 못했지만 내 몸의 방어력은 웬만한 공격엔 뚫리지 않는다.'

환룡은 힐끔 협유곡주를 훑어보았다.

[벌써 훼방꾼이 왔군. 다음에 봄세.]

환룡의 신형은 말 그대로 눈 깜짝할 사이에 사라졌다. 협유곡주가 알고 있는 어떤 무공이나 술법도 공간에서 저렇게 감쪽같이 없어질 수는 없었다. 차라리 소멸(消滅)이라고 불러야 할 만한 이동술은 명백히 인외(人外)라고 볼 수 있었다.

협유곡주는 불길한 예감을 느끼며 슬며시 뒤를 돌아보았다.

철컹.

철컹.

"이제야 환룡이 꼬리를 드러냈군. 길었어."

핏빛 묻은 쇠사슬이 흔들리는 소리. 어둠 속에서 새어 나오는 잔영(殘影). 스스럼없이 비쳐지는 살의(殺意)가 상대방의 실력을 짐작하게 했다. 믿을 수 없는 일이지만, 길상은 상대방이 자신의 등 뒤 일 장(丈) 거리에 올 때까지 전혀 낌새도 채지 못한 것이다!

협유곡주는 입술을 꽉 깨물었다. 뒤를 돌아보는 순간 공격이 시작될 것 같았다.

"그대는 누구요?"

휘리릭거리며 쇠사슬이 휘도는 소리가 들렸다. 이 공간에는 아무런 쇠사슬도 없었는데, 그는 마치 수천수만 개의 쇠사슬이 철그렁거리는 것처럼 느껴졌다.

"맞춰 보게."

"오늘 내게는 수수께끼꾼들이 자주 오는군."

"세 번 이내로 맞추면 살려 주지."

북룡제의 수제자이자, 천하에서 그리 당해 낼 자 없다

자부하는 길상의 목숨을 운운하는 괴인. 하지만 협유곡주 길상은 상대가 허세를 부리는 게 아니란 걸 알고 있었다. 영왕수나 환룡까지 튀어나온 이상, 그들을 추적하는 존재는 절대 강호의 기준으로 잴 수 없었다. 협유곡주는 여기가 자신의 무덤이라고 생각하며 대답했다.

"구성천."

"아닐세. 난 그들과 아무런 연관이 없어."

그럴 줄 알았다. 구성천 중에서 무상천마의 소유자를 이리도 쉽게 농락하고 손목을 자를 수 있는 무공은 달리 없었다. 협유곡주는 이빨을 잘근잘근 갈아대다가 재차 대답을 내놓았다.

"신룡전(神龍戰)."

"흠, 약간은 관계있을지도 모르겠군. 뭐, 거기 소속은 아닐세."

마지막 세 번째의 대답이 남았다. 협유곡주 길상은 이미 죽음이 코앞에 다가왔다는 걸 깨닫고 침을 꿀꺽 삼켰다. 절대적인 무술 경지에 도달한 그가 이런 위기감을 느끼는 것도 우스운 일이지만, 상대방의 쇠사슬은 모든 방어를 무시하고 길상의 가슴팍을 꿰뚫으리라는 예감이 들었다. 초고수이기 때문에 더더욱 확실하게 상대방의 실력을 가늠할 수 있던 것이다.

정면 승부라면 십여 초는 버틸지도 모른다. 하지만 등을 잡힌데다가 손목을 잘렸으니 삼초지적도 되지 않을 것이다. 길상의 예감은 틀리지 않아서 괴인은 이미 출수(出手)할 준비를 모두 마친 상태였다.

협유곡주 길상은 이미 후보자를 좁힌 상태였다. 머릿속에는 한 사람의 이름이 떠올랐다.

"당신은······."

용기가 사라진 나머지, 조그맣게 말해 버렸다. 협유곡주 길상의 마지막 대답이 끝났을 때, 괴인은 히쭉 웃었다. 아니, 적어도 길상에게는 그렇게 느껴졌다.

"정답으로 해 두지. 자넨 정말 뛰어난 두뇌를 지니고 있군."

"놀리지 마십시오."

"후후, 원래 자네를 이 자리에서 처치하고 협유곡을 멸망시킬 생각이었지만······."

슈르르륵, 하면서 쇠사슬이 빨려 들어가는 소리가 들렸다. 눈에 보이지 않고 기척도 감지되지 않는 쇠사슬이 자신의 전신을 박살 낼 수 있었다는 공포감이 사그라들었다. 말 그대로 영쇄(影鎖)라고 불러야 족하리라.

"어차피 결말은 십 년 후에 나겠지."

"무슨 말씀이신지?"

"영왕수(靈王獸)가 꿈을 새긴 그곳, 검성전(劍聖戰)에서 진정으로 결판이 날 것이네. 처음부터 환룡의 목적은 그거였어."

"……."

"다음에 만나지 않기를 기원하겠네."

괴인의 흔적도 사라졌다.

협유곡주 길상은 잘린 손목을 주워서 짐짓 흔들었다. 손끝이 새하얗게 떨리고 있었지만, 출혈도 나지 않았다. 내공으로 지혈한데다가 이 정도로 깔끔하게 잘랐다면 접합 수술만 하면 바로 붙여지기 때문이다.

"재수 옴 붙은 날이군."

그는 화영공주를 어떻게 할지 생각해 보았다. 영왕수가 직접 협유곡에 데리고 온 불운한 여인. 하지만 그게 정말로 우연이었을까? 그것조차도 환룡이라는 괴인의 의도대로가 아니었을까?

온갖 생각이 다 나왔지만 협유곡주의 결론은 명료했다. 그는 다짐하듯이 중얼거렸다.

"공주는 내가 맡아서 보호한다."

영왕수와의 결전에서 요긴하게 쓰일 만한 인질!

손쉽게 놔줄 생각은 절대 없었다.

＊　　　＊　　　＊

태오가 깨어났을 때는 한밤중의 으슬으슬한 추위가 전
신에 덮쳐오고 있었다. 태오가 생각하고 느꼈던 모든 것
들이 마치 이슬처럼 사그라들고, 내공이 간신히 최소한의
요혈(要穴)을 보호하고 있었다.

칼날이 눈가에 맺히고 있었다.

자신도 모르게 눈가를 문지르자 광대뼈가 아파 왔다.
내일은 천 마디를 머금은 봄비가 온다. 흐르는 이슬으로
새벽을 달렸다. 홀로 깊은 꿈은 물보라의 밤을 넘어서 어
제보다 색이 바란 듯 일렁이는 거품이었다.

지나간 흔적마다 남겨진 칼날은 모래꽃으로 피어서 뿌
려졌다. 덧없이 화사해진 파란 잎새가 그를 달랬다. 올려
다보니 줄어든 세상의 암천(暗天)이 보였다.

구김 없는 흑백…… 쫓기는 별무리는 한낮의 뒤편에
있었다.

"아."

네 번째 여름이 오고 있었다.

봄비가 지나친 저녁노을만큼 몇 번이고 그의 축이 흔
들리고 있었다.

부르르.

갑작스레 하체에서 진동하는 울림에 그는 힘없이 손을 늘어뜨렸다. 혈맥이 차단되어 싸늘해졌던 팔에 굵은 혈관이 비어져 나왔다. 어느새 자신이 웅크려 있었다는 사실을 깨달은 태오는 황급히 힘을 주어 자리에서 일어섰다.

기우뚱.

"어?"

그가 뭘 할 틈도 없이 광대뼈가 바닥에 부딪치고 충격이 어깨에서 발끝까지 쏟아졌다. 단숨에 무탄력 경공을 발휘해서 일어설 생각이었는데, 그저 허공에서 허우적대다가 넘어진 것이다. 태오는 난데없는 현상에 정신을 차리지 못했지만 한 가지는 확실히 알 수 있었다.

무식할 정도로 빠르게 쌓였던 막대한 내공(內功)이 사라졌다!

"이럴 수가……?"

쏴아아.

때마침 청림(靑林) 사이로 소슬한 음풍(陰風)이 밀어닥쳤다. 뼛속을 얼려 버리는 추위에 태오는 자신도 모르게 몸통을 부여잡고 몸을 웅크렸다.

이상한 일이었다. 분명히 지금 태오의 경지라면 한서불침(寒暑不侵)이라서 설령 만장단애에서 한겨울의 폭포로 떨어져도 웃으며 목욕을 할 수 있었다. 고작 새벽의 음풍을 견디지 못해서 고통스러워할 리가 없었다.

"큭, 일단은 걷자."

태오는 고개를 흔들며 자리에서 제대로 일어섰다. 별다른 경공 재간을 부리지 않은 평범한 걸음이었다. 무공재간을 써서 살아가는 게 너무 당연하게 여겨지다 보니, 평범하게 걷는 게 어색하게 느껴졌다.

숲 사이는 어두워서 맨눈으로는 잘 보이지 않았다. 태오는 인상을 찡그리며 내공을 눈에 모으려 했지만, 역시 내공이라고는 한 줌도 남아 있지 않았다. 내공으로 강화된 몸의 탄력도 함께 사라져 버린 듯했다.

나뭇가지와 바위를 조심하며 앞으로 나아가다 보니 앞에는 희미한 불빛이 보였다. 자세히 보니 언덕 아래에는 시꺼먼 지붕으로 뒤덮인 조그마한 집이 한 채 있었다. 태오는 불빛이 있으면 두 배는 빨리 갔을 거라고 투덜거리면서 한 걸음씩 옮겼다.

십여 장 정도를 걸었을까, 집 앞에 도착한 태오는 망설였다.

'나는 왜 여기에 있지? 여기는 어디지? 난 왜 내공이 없지?'

하지만 더 고민할 시간이 없었다. 이러니저러니 해도 아직 태오의 몸은 성인도 되지 않은 소년이었다. 지금 불어닥치는 음풍은 적어도 모피 옷을 입지 않으면 얼어 죽기 딱 좋은 수준이었다. 일단은 체력이 더 떨어지기 전에 쉬지 않으면 안 되었다.

저벅.

집 안에 들어가 보니, 평범한 모옥이었다. 지붕은 분명히 기와 같았는데 이상한 일이었다. 태오는 고개를 갸웃거렸지만 손을 이리저리 흔들며 외쳤다.

"계십니까? 나그네가 한숨 묵어가려 합니다!"

태오는 확실히 하기 위해서 두세 번 더 반복해서 외쳤다. 하지만 아무런 대답도 들리지 않았다. 태오는 사람이 없는 폐가(廢家)라고 여겼지만, 정황상 이상했다. 바닥은 먼지도 별로 없었고, 안방에는 가재도구가 갖춰져 있었다. 아무래도 집주인이 잠시 자리를 비웠다고 여긴 태오는 고민하다가 일단 방 안에 앉았다.

'여기 있군.'

태오가 호롱불을 찾아서 옆에 있는 심지로 불을 켰을 때였다.

"……!!"

태오는 비명을 지르려는 걸 간신히 참았다. 말 그대로, 처음부터 있던 것처럼 앉아 있는 보랏빛 장포의 괴인(怪人)이 있었다. 괴인의 얼굴은 흑운이 드리워서 보이지 않았고, 손이나 발도 인간의 것이 아닌 듯했다. 산해경에나 나올 법한 괴물이었기에 태오는 본능적인 두려움을 느낄 수밖에 없었다.

태오는 반사적으로 공격하려 했지만 위화감을 느끼고 그만두었다.

'무공이…… 없어! 이 반사 속도는 일반인에 지나지 않아.'

원래라면 느끼기도 전에 수십 개의 절학(絶學)을 퍼부었을 것이다. 하지만 이제는 무공으로 단련된 신경 속도도 사라져 버렸는지, 한참 후에나 보고 반응한 것이다. 무공이 없는 상태에서 섣불리 상대방에게 공격적인 행동을 해서는 안 된다.

괴인은 팔짱을 낀 채 양반다리를 하고 있었다. 보랏빛 장포에 문사건을 쓰고 있던 괴인은 시꺼먼 구름 같은 손을 들어서 태오를 가리켰다.

[반갑다. 너와 줄곧 만나고 싶었다.]

"당신은 누구요? 여긴 어디고?"

[어디까지 기억하고 있는가?]

태오는 대답하지 않는다. 어디까지 기억하느냐는 뜬금없는 질문에 솔직하게 답해 줄 사람은 많지 않을 것이다. 하지만 괴인은 아랑곳하지 않고 말을 이었다.

[아마 협유곡주와 겨루다가 각성(覺性)하고, 충격을 이기지 못해서 자진(自盡)한 대목까지 기억하고 있을 것이다.]

"……!!"

[그때 죽었으니까 이후의 기억은 없겠지.]

태오는 평정을 잃었다. 상대방이 자기 속을 낱낱이 들여다보는 듯한 말투가 견딜 수 없이 괴로웠다. 마치 거울을 갖다 놓고 자신을 비춰 보는 듯해서 증오스럽기까지 했다. 이런 감정이 드는 이유를 알 수 없어서 혼란스러운 표정을 지었다.

"당신은 누구냐고!"

괴인이 고개를 갸우뚱했다.

[이상하군, 태오. 너도 줄곧 나를 만나고 싶어 하지 않았는가?]

"뭐라고?"

[이걸 돌려주지.]

스윽.

괴인은 장포 자락에서 한 권의 책을 꺼내서 태오에게 건네주었다. 태오는 얼떨결에 받아서 호롱불에 책의 제목을 비춰 보았다. 침침한 불빛 속에서 읽히는 글자는 분명한 탈혼경(奪魂經)이었다.

"타, 탈혼경!!"

[내가 지은 책이지.]

태오는 믿기지 않는다는 눈으로 눈앞의 괴인을 바라보았다. 그 말대로라면 보랏빛 장포에 암운으로 전신의 피부를 뒤덮은 수상쩍은 자의 정체는 단 하나밖에 없었다. 그는 자신도 모르게 소리를 질렀다.

"환룡(幻龍)?! 당신이 환룡이라고?!"

[맞다. 내가 환룡이다.]

있을 수 없는 일이었다.

무림의 기인(奇人)일 거라고 생각했지만, 사람도 남자도 여자도 아닌 것 같은 이런 괴물(怪物)이 자신이 찾아헤매던 무협 소설 작가라니! 눈앞의 모습이 환술(幻術)이 아닐까 의심했지만, 그렇다 하더라도 지금 상태로는 분간할 방법이 없었다.

환룡은 마치 미소 짓 듯이 어두운 구름을 옴틀거렸다.

[예상보다 일찍 퇴장해 버리길래, 너를 탈혼경의 세계에 데리고 왔다.]

"무슨…… 말이야? 설명을 해 줘."

태오의 마음은 평소보다 더욱 빠르게 조급해지고 분노했다. 무공이 없다는 상실감과 함께, 평정심의 요결도 함께 망각해 버린 탓이었다. 지금의 태오는 말 그대로 열너

댓 살의 소년에 불과했다.

환룡은 어두운 육체의 손을 휘저으며 호롱불을 껐다. 호롱불이 꺼지자 방의 사방에서 시퍼런 도깨비불이 솟아 올랐는데, 도리어 호롱불보다 밝고 선명했다. 녹청색의 광선이 흐르는 방 안에서 환룡이 말했다.

[말 그대로다. 네 위기를 극복하기 위해서 탈혼경이 자동으로 방어에 들어갔지만, 네가 그걸 무시하고 자살해 버린 거다. 나로서는 탈혼경의 세계에 혼(魂)을 끌고 들어오는 수밖에 없었지.]

"뭐……?"

[예전에 처음 만났을 때 말했잖나, 태오(太烏). 나는 무슨 일이 있어도 한 번은 너를 구원해 주기로.]

덜컹.

태오의 몸이 거세게 떨렸다. 환룡의 말을 듣는 순간, 머릿속이 어지럽게 변하면서 온갖 형형색색의 기억의 조각이 흩날렸다. 마치 벚꽃 잎처럼 흩날리던 기억들은 태오의 뇌 속에서 형태를 변화하면서 봉인되어 있던 기억을 끌어 올렸다.

온갖 대화와 행동이 태오의 무의식에서 생각났다.

그건 언제였을까?

[축하한다, 태오. 너는 이제 탈혼경의 주인이 되었다.]

설원(雪原).

핏빛에 얼룩진 태오가 환룡을 앞에 둔 채, 주저앉아서 탈혼경을 잡고 있었다. 온갖 창과 화살에 꿰뚫려서 살날이 얼마 남지 않은 듯했다. 지금의 태오보다 적어도 스무 살은 많은 청년의 모습이었다.

"응, 고마워. 훗, 이제 죽어서야 의미가 없잖아."

[걱정할 필요가 없다. 이미 탈혼경의 효과는 발동되었으니까.]

"아아, 그렇구나. 하지만……."

청년 태오는 무슨 말을 하고 싶던 것일까? 태오는 뭔가 말하려다가 그만두고 입술을 닫았다. 대신에 흐릿하게 웃으며 환룡에게 말했다.

"잘 부탁한다. 과거부터 지금까지, 앞으로도."

[그럴 리가. 미래에서 과거까지, 지금에도.]

영문을 알 수 없는 대화.

하지만 태오의 목숨이 끊어지는 순간, 태오 본인은 모든 진실을 깨닫고 전율했다.

"내가……."

태오는 믿을 수 없는 듯 고개를 흔들었다.

"내가, 바로 영왕수(靈王獸)다!"

크르르르.

[그렇다, 태오.]

환룡의 얼굴에 묻어 있던 어둠은 한층 기세를 더해서, 마치 살아 있는 것처럼 꿈틀거렸다. 태오의 내면에 잠재된 마(魔)에 반응하는지 즐거운 것처럼 보이기까지 했다. 용의 비늘처럼 형상을 만들던 환룡의 피부가 딱딱하게 굳어졌다.

[넌…… 역사의 태초, 오천 년 전, 일천 년 전, 그리고 지금, 백 년 후, 천 년 후. 나와 탈혼경을 다섯 번 계약한다. 계약만 그 정도일 뿐, 실제로는 몇 백, 몇 천 번이나 더 본 사이라고 할 수 있다.]

탈혼경(奪魂經)!

저주받은 영왕(靈王)의 유산이자, 과거 사대마경(四大魔經)이라고 불렸을 때는 지고경(至高經)을 찾기 위한 탐색기의 역할을 했다. 그러나 창령왕(蒼靈王)의 안배에 의해 일만 오천여 년 전, 영왕이 최후로 쓰러지자 탈혼경의 역할도 끝났다.

이 대륙의 역사(歷史)는 한 번 지워졌다가 다시 쓰여졌다. 대륙에 도사리고 있던 윤회(輪回)의 입김이 끝나며, 영왕을 쓰러뜨린 자는 재차 탈혼경을 이용해서 자기 욕심을 차리려고 들었다. 아무리 강대한 힘을 지녔다고 해도 인간은 욕망을 이길 수 없었기 때문이다.

그러나 영왕을 쓰러뜨린 자는 새로운 영왕이 될 수 없었다. 절대적인 힘을 이용해서 역사를 조종하고 수천억의 환마(幻魔)와 수천조의 천신(天神)을 지배하던 영왕과 달리, 그에게는 힘이 부족했다. 아무리 탈혼경으로 윤회를 시도해 보아도 '힘'이 쌓이는 데는 한계가 있었기 때문에 결국 그자는 좌절하고 말았다.

그래서 역사를 족쇄에서 풀어 준 채, 탈혼경만큼은 이 세상에 남겼다. 자신이 불멸불사(不滅不死)가 아닌데도 그저 망집 하나로 놔둔 것이다. 모든 욕망의 결집체인 탈혼경은 새로운 세계에서 자신의 역할을 찾아서 떠돌기 시작했다.

유일하게 탈혼경의 관리자로 설정된 것이 바로 지금의 환룡(幻龍)이었다. 태초신 반고(盤古)의 혈맥을 잇는 최후의 응룡(應龍)이자, 멸망한 세계의 기억을 모두 지니고 있는 존재였다.

환룡이 해야 할 일은 탈혼경을 세상에 풀어 두고 탈혼경의 힘을 축적하는 것!

그걸 위해서 환룡은 수단 방법을 가리지 않고 역사상의 재능 있는 자와 천재, 달인에게 접근해서 유혹했다.

하지만 인간 측에서는 뛰어난 성인(聖人)이 여덟 명 출현해서 탈혼경의 윤회를 봉쇄하기 위해 구성천(九聖天)을 결성했다. 일부러 탈혼경을 서열 일 위로 놓음으로써 지속적으로 관심을 환기한 것이다.

[방해는 약 구만 오천팔백육십칠 번이었다. 나는 그 동안 탈혼경의 관리자로서 유지와 보수를 위해서 혼(魂)을 모았지만, 번번이 실패하면서 괴로워졌다.]

"어째서?"

태오의 물음은 당연했다. 기억을 되찾으며 느낀 탈혼경의 진짜 위력은 가공할 만했다. 지금까지 자신이 누린 권능 정도는 새 발의 피도 되지 않았다. 역사를 윤회하면서 구성천을 이기지 못할 리가 없었다.

[설령 한 번쯤 이겨서 구성천을 몰살시키고 대륙의 인간들의 혼을 싹쓸이한다고 해도, 결국 과거로 회귀(回歸)하는 데 쓰이는 힘이 더 들게 된다. 인과율(因果律)을 정면으로 위반하기 때문에…… 그래서 나는 구성천과 끊임없이 죽고 죽이는 싸움을 반복해 왔다.]

"……"

[그렇다. 알고 있겠지만, 구성천 일 위(一位)로 불리며, 사용자가 영왕수(靈王獸)라고 불리는 탈혼경의 진짜 위력은…….]

"회귀(回歸)."

태오는 괴로운 표정을 지었다.

"시간을 과거로 돌려서 처음부터 다시 시작할 수 있고, 모든 걸 마음대로 결과를 확정지을 수 있는 권능(權能)……."

탈혼경, 그 진정한 이름은 위신경(爲神經).

사용하면 할수록 진정한 초월신(超越神)에 한없이 가까워질 수밖에 없다. 이 세상의 모든 주술과 무공은 인과율을 거스르지 못해서 결코 시공축을 바꾸지 못한다. 그러나 이전 세계(世界)의 지배자가 남긴 유일한 유산(遺産)인 탈혼위신경만큼은 과거로 마음껏 회귀할 수 있었다. 환룡이 고개를 끄덕였다.

[뿐만 아니라 이번처럼 죽음조차도 무효화(無效化)할 수 있다. 나, 관리자 환룡이 존재하는 한.]

"이해가 안 돼."

[뭐가 이해가 안 되지?]

태오는 머리를 감싸 쥐었다. 아직까지 기억이 완전히 돌아오지 않아서인지 관자놀이에 지속적으로 쑤시는 격통이 다가왔다. 태오의 머릿속에는 셀 수 없는 기억이 시대를 초월해서 말도 안 되는 용량으로 부풀려지고 있었다.

청동기시대, 철기시대, 전자시대, 정보문명, 우주세기. 심지어는 이전 세계의 기억까지도 탈혼경 때문에 쑤셔지고 있으니 기억이 온전할 리가 없었다. 태오는 두통을 간신히 참아 내며 입을 열었다.

"난…… 처음 계약할 때는 분명히…… 송(宋)나라 때였어. 그런데 지금은 내가 아는 역사와 전혀 관계없는 세상이야……. 왕조 이름이 촉(蜀)이라니, 들은 적도 없어……."

[어쩔 수 없다.]

환룡은 팔짱을 끼고 있었다.

[그건 태오, 네가 바꾼 거니까.]

"……내가?"

[네가 저번 회귀 때 죽였던 인간은 원래 오호십국시대를 끝내고 송나라를 열 조광윤(趙匡胤) 장군이었다. 하지만 너와 사소한 원한을 지고, 결국 커지게 되어서 네 손으로 조광윤의 구족을 멸망시켰지. 이후로 역사의 나뭇가지가 꼬이면서 이제는 네가 살던 시대와는 전혀 관련이 없게 되었다.]

"아, 그래……. 그런 일도 있었지."

태오는 차츰 기억이 돌아오는 걸 느꼈다.

이제는 태오 자신이 원래 뭐였는지도 어렴풋해졌다.

워낙에 많은 기억이 혼재(混在)해 있어서 수많은 인격이 뇌리를 교차했다. 지금 이성을 차리고 이야기를 할 수 있는 건 현재 지니고 있는 태오의 기억이 강렬하기 때문이었다.

"또 하나, 이해가 안 돼."

[무엇인가?]

"난 분명히…… 기억을 전승하면서 계속 탈혼경으로 강해지고 있었다. 시공간의 축을 멋대로 넘나들면서 전생(轉生)하긴 했지만, 힘을 쌓고 있었다. 그런데 어째서 이번 윤회에는 모든 기억을 잃고 있던 거지?"

태오의 의문은 지당했다.

지금은 태오라는 산골 마을 소년이지만, 그의 본질은 시공축을 넘나들며 인과율을 파괴하는 영왕수. 당연한 말이지만 힘을 쌓아서 신을 초월하기 위해서는 기억을 잃는 건 전혀 도움이 안 된다. 그런데 지금은 각성하다가 죽어서 탈혼경에 끌려오기 전까지 아무런 기억도 하지 못했던 것이다.

환룡이 곤란하다는 듯이 뒤통수를 긁적였다.

[미안하군. 그건 내 잘못이며, 네 잘못이며, 뜻밖의 예외이기도 하다.]

"무슨 말이지?"

[지금 시공축에서 약 백오십 년 전, 검성(劍聖)이라 불리는 존재가 나타나서 너를 일격(一擊)에 쓰러뜨리고 말았다. 그리고 그가 혈영무신(血影武神)의 전설을 퍼뜨리는 바람에 네 기억을 남겨 둘 수가 없었다.]

"거, 검성? 무슨 말이냐? 그게 지금 왜 나와?"

현재까지의 태오의 인격(人格)과 영왕수로서의 인격이 충돌하고 있었다. 영왕수는 이기적이고 탐욕에 휩싸여 있지만, 태오의 인격은 일이 년 만에 만들어진 게 아니라 수십 년 동안 개별적인 인격체였기 때문이다.

그 증거로 태오는 왼쪽 얼굴과 오른쪽 얼굴이 각각 다른 표정을 짓고 있었다. 한쪽은 노여워하고 있고, 다른 쪽은 슬퍼서 울고 있었다. 수많은 감정과 인격이 몸을 차지하려고 날뛰는 바람에 폭풍의 핵 같은 상태가 된 것이다.

[검성은 각성해서 영왕수가 된 너를 쓰러뜨렸지만, 소멸시키지 않았다. 대신에 언제고 다시 싸워 보고 싶다고 했다.]

"뭐라고……?!"

태오는 깜짝 놀랐다. 하나도 기억이 나지 않았지만, 환룡의 말이라면 아마 사실일 것이다. 그리고 그건 정말로 미친 일이었다. 영왕수로 각성한 태오는 무려 일만 년 이상이나 무공과 술법, 사법(邪法), 마법(魔法)을 섭렵한 초마인(超魔人). 대륙의 수백만 명이나 되는 혼을 꺼뜨릴 정도일진대, 한낱 인간이 재전투를 원하다니!

[혈영무신의 전설은 검성이 너와 다시 만나기 위해서 퍼뜨린 거지. 탈혼경은 시공간과 밀접하게 관련되어 있어서, 전설이 퍼져서 사람들이 믿기 시작하면 그 법칙에 따를 수밖에 없다.]

"알아듣게 설명해 봐."

[다시 말해서, 네가 각성해서 영왕수가 되고 구성천을 모조리 죽여 버리면 검성은 시공간을 초월해서 네 앞에 다시 나타날 수 있다는 거다. 전설의 효과 때문에, 우리 스스로 탈혼경의 힘을 사용해서 검성을 불러들인다는 거지.]

"......"

태오는 기가 막혀서 입을 벌렸다. 혈영무신의 전설을 퍼뜨려서 탈혼경이 자업자득(自業自得)의 꼴을 취하게 하는 건 이해할 수 있었다. 하지만 설마 영왕수로서 신에 가까워지는 자신과 다시 싸우고 싶어 하는 인간이 있을 줄이야.

[겪어 봐서 알겠지만, 구성천과 싸우려는 것만으로도 보호 본능이 발동되어서 저절로 강해진다. 네 인격이 그

대로 남아 있으면 제 성질을 못 이겨서 바로 검성을 불러
내려고 할 게 빤해서 일부러 기억을 지웠다.]

"……."

[지금 함부로 구성천 놈들을 죽이면 안 돼. 검성과 준
비 없이 싸우면 필패(必敗)이기 때문이다.]

"그렇게 강했나, 검성이?"

[옛 지배자와 맞먹을 만했다.]

환룡이 말하는 '옛 지배자'는 영왕을 의미했다. 신적
인 존재와 비유하는 환룡의 말을 듣자 태오는 전신에 소
름이 돋았다. 한낱 인간이 무공만을 연마해서 그 정도 경
지에 오른다는 게 도저히 믿겨지지 않았기 때문이다.

'그랬던 거군.'

그리고 냉정하게 되짚어 보자 자신이 영왕수라는 게
이해가 되었다. 귤화위지와 싸울 때, 온갖 구성천의 무공
을 각성하면서 역전에 성공한 건 당연했다. 몇 천 번이고
싸우면서 구성천의 모든 무공을 베낀 지가 옛날이기 때문
이었다. 뿐만 아니라 구성천 중에서 단순 파괴력으로 가
장 강력한 무상천마의 전승자를 만나게 되자 급격하게 영
왕수의 기억을 되살릴 수 있던 것이다.

검성지륜의 기억에 별 반응이 없던 이유는 간단했다.
검성지륜은 단순히 인간의 무혼(武魂)을 깨우는 매개물

이므로, 온갖 기억이 쌓여 있는 영왕수에게는 그저 경고에 불과했다. 물론 그것만으로도 그때까지 쌓아 두었던 무공을 정리해서 한 단계 더 강해지는 건 쉬운 일이었다.

"이제야 이해가 된다."

유극문의 스승들이 태오에게 지속적으로 언급한, '너는 천재가 아니다' 란 말.

'내가 천인일재(千人一才)일 리가 없지.'

당연히 태오는 천재가 아니었다. 그저 엄청나게 오랫동안 수련을 해 왔던 진정한 만인일귀(萬人一鬼), 그것이 역사(歷史)의 불길한 까마귀 태오(太烏)이자 영왕수(靈王獸)인 것이다. 수련의 단위가 달랐다.

상황을 머릿속으로 정리한 태오가 조용히 말했다.

"내가 본능적으로 환룡을 찾아야 한다고 생각한 이유는, 봉인된 기억을 빨리 되찾고 싶어서였던 거군."

[그렇다.]

"유극문에서 별다른 과정 없이도 무공을 대성했던 이유는……."

[당연히 몇 백 년이나 수련한 적이 있으니까.]

웃음이 나올 정도로 허탈한 이유였다. 같은 역사, 같은 수레바퀴, 같은 무림을 몇 백, 몇 천 번이나 반복하고 있는 태오는 온갖 문파의 무공과 술법을 총망라해서 익히고 있었다. 유극문 또한 예외가 될 수 없어서, 유극문의 비전 신공과 검법은 이미 백수십 년이나 연마한 바가 있었다. 그러니까 당연히 익히기 시작하면 바로 극성에 이르는 것이었다.

뿐만 아니라 무공이란 여러 가지의 극의(極意)가 모이고 모이면서 점차 습득 속도가 빨라지는 성질이 있다. 본래는 소소한 도움에 불과하지만, 태오 정도로 경험치를 쌓았으면 차원이 달라진다. 이 세상의 모든 무공을 습득할 괴물이라고 불러도 과언이 아니었다.

"하하하하……."

태오는 시퍼런 도깨비불이 맴도는 방 안에서 허탈하게 웃었다. 광량(狂凉)한 눈빛에는 이미 패기가 사라져 있었고, 떨리는 손아귀는 마치 학질에 걸린 듯했다. 기억이 서서히 제자리를 찾으면서 그의 인격(人格)은 다른 인간으로 변하고 있었다.

한여름 밤의 꿈처럼, 소년의 시절이 지나가고 태오에게 어두운 현실이 걸어 들어왔다. 잠시 힘없이 웃던 태오가 편하게 앉았다.

"좋아, 알겠어. 그런 건 아무래도 상관없는 일이다. 이제 내가 뭘 하면 되는 거지?"

[너는 현재 죽음[死]을 모면하기 위해서 탈혼경에 혼

(魂)만 탈피해 왔다. 아무리 탈혼경의 권능이 대단해도 다시 세상에서 활동하려면 적절한 육신이 필요하다.]

환룡의 말에 태오는 인상을 찡그렸다. 예상대로였지만, 마음에 들지 않는 대답이었기 때문이다.

"뭐? 그 몸은 보기 드물게 좋았단 말이다. 영약의 뿌리를 먹은데다 내공의 기법을 완전히 터득했는데, 그냥 버리란 말이냐?"

[이대로라면 그렇게 되겠지. 지금 방법은 두 가지가 있다.]

"말해 봐."

[첫 번째는 탈혼경의 힘을 사용해서 억지로 태오의 몸을 현세(現世)에 구현화(具現化)시키는 것이다. 그러나 이건 말 그대로 기적(奇蹟)에 속하는 일이므로 귀찮은 일이 벌어질 것이다.]

태오의 얼굴이 굳어졌다. 환룡이 무슨 말을 하는지 알아챘기 때문이다. 이미 그는 술법에 관한 지식도 상당 부분 돌아와 있어서 대술법사라고 부를 만했다.

"구성천 놈들에게 내 출현을 알리는 격이겠군."

구성천의 전승자!

수천수만 년 동안 어그러진 역사의 수레바퀴 속에서 끊임없이 싸워 온 존재들. 승률은 영왕수 쪽이 현저히 높았지만, 한 번이라도 패배하면 영왕수는 맥을 못 출 정도의 타격을 받았다. 결코 경시할 수 없는 존재들이었다.

[그렇다. 탈혼경의 힘도 많이 소진될 뿐만 아니라, 이 방법으로 부활하면 칠 주야 내에 구성천 전승자 팔 인(八人)에게 협공당할 것이다. 현 강호의 어떤 고수도 그들의 협공을 감당해 낼 수는 없지.]

"설령 수도에 있다고 하는 흑막(黑幕)이라고 해도 말인가?"

태오는 수도에서 음모를 주도한 자의 정체는 몰랐다. 하지만 흑막의 실력이 황제조차도 시해하고 마음대로 세상을 주무를 정도라는 건 알고 있었다. 환룡은 잠시 생각하더니 망설임 없이 대답했다.

[무황령(無皇靈)도 구성천의 협공을 받으면 필사(必死)다. 애초부터 영왕수를 상대하기 위해 살아가는 자들에게 인간의 무공 따위가 의미가 있을 리가.]

"뭐, 그렇겠군. 몇 번이나 나를 짜증나게 했으니까."

[두 번째 방법은 처음부터 다시 시작하는 것이다. 적당한 영아(嬰兒)의 몸을 골라서 환생(還生)하면 된다. 길어도 십 년이면 무난하게 힘을 쌓을 수 있다.]

십 년!

길다면 길고, 짧다면 짧은 세월. 아쉬워서 망설일 줄

알았지만 태오는 의외로 고개를 끄덕였다. 도리어 그 방
안이 최선이라는 듯 만족하는 기색이었다.

"좋아! 적당한 몸을 알아봐 줘."

이유는 단순했다. 이미 그는 영왕수(靈王獸)로 수천수
만 년을 살아온 존재였다. 태오로 쌓아 온 강호에서의 경
험치가 아깝긴 하지만, 자신의 욕망을 위해서라면 십 년
정도는 그냥 버린 셈 칠 수 있었다. 매우 현실적이고 멀
리 내다볼 줄 아는 안목을 지니고 있었다.

그리고 그 안목은 환룡의 영향도 있었다. 무미건조하
고 느긋한 환룡과 오랫동안 지내다 보니 그의 성향이 닮
아 온 것이다. 환룡은 태오의 선택이 확실하다는 걸 깨닫
자 자신의 오른팔을 내밀어서 하늘에 뻗었다.

쿠구구구.

서서히 오두막이 사라지고, 그들이 있던 공간이 절대
무(絕對無)로 변해 갔다. 공간이 일변하자 기온, 중력 따
위가 모두 사라지고 오로지 혼(魂)밖에 남지 않았다. 그
리고 영왕수의 껍데기를 싸고 있던 태오의 껍데기가 사라
지고 새하얀 불빛으로 변해 버렸다. 일순간에 태오의 인
생과 인격 십수 년이 날아가 버린 것이다.

영왕수가 말했다.

[눈에 안 띄고, 범속하며, 평범하고, 재능없고, 무림에

대한 동경이 강렬하고, 생각은 많고, 현실에 집중할 수
없고, 정서가 불안하고, 미래를 외면하고, 어리고, 자기
의 욕망을 소중히 여기고, 망상이 많고, 어둡고, 만사가
귀찮은 녀석이라면 누구라도 좋아.]

[그렇군.]

[환룡, 나의 다음 몸뚱이를 빨리 찾아라. 나는 다시 즐
기고 싶으니까.]

츠츠증.

탈혼경의 공간이 시커멓게 물들며 흑뢰(黑雷)가 원구
의 형태로 뭉쳐 들었다. 환룡이 탈혼경을 가동시키면서
전 우주에 존재하는 혼의 조건을 검색하는 것이다. 어떤
수준의 문명이라도 거기에 맞춰서 대응할 만한 환생체를
찾아주는 게 탈혼경의 장점이었다.

환룡이 양손을 내밀어서 탈혼경을 조율하다가 말했다.

[이 세계의 혼은 총 오억(五億) 사천만(四千萬) 정도
가 있군. 동영이나 서역까지 범위를 넓혀도 상관없나?]

[그건 곤란하군. 가능하면 중원이었으면 좋겠어. 지금
수도의 환란을 보니까 재밌게 흘러가고 있거든.]

[구경할 셈인가? 악취미군.]

[흐흐, 이런 내 성격을 네가 마음에 들어 한 거였다
구.]

환룡은 긍정하지도, 부정하지도 않았다. 어쩌면 인간 '태오'가 여기저기 쑤시고 다니던 이유는 영왕수의 변덕이 무의식중에 작용해서였을지도 몰랐다. 딱히 선악(善惡)도 없으면서 그저 흥미와 재미만으로 세상을 살아간다는 건, 어떤 의미에서 악한 자보다 더욱 위험했다.

[중원으로 좁히면 후보자가 삼만 명 정도로 압축된다. 네가 말한 인격적 적성까지 포함해서 말이지.]

영왕수의 혼이 생각을 하듯이 깜박였다.

[흠, 그중에서 가능하면 강호와 연관이 없는 놈으로 해 줘.]

[결국 몇 다리를 건너면 강호에 발을 들인다는 걸 알고 있지 않은가?]

[그래도 조용히 있고 싶어서 말이야.]

[그러면 사백오십구 명으로 압축된다.]

[그중에 아무거나 골라 줘.]

환룡이 알겠다는 듯 고개를 끄덕이다가 뭔가 생각난 듯이 휙, 그를 돌아보았다. 의외로 중요한 질문이었다.

[성별(性別)은 상관없는가?]

[별로 상관없는데.]

[그럼 내 마음대로 하지.]

영왕수의 반응이 성별 질문에 심드렁한 이유는 별게

아니었다. 워낙 오래 살아오다 보니 남자로든 여자로든 다 살아 보았고, 반음양(半陰陽)이나 양성구유를 경험한 일도 있었다. 처음에는 신기해서 이것저것 해 보았지만, 지금은 흥미가 없는 듯했다.

우우우웅.

잠시 후, 환룡의 조율이 끝나고 탈혼경이 환생을 모두 준비했다. 이제 눈앞에 열려 있는 삼 장 크기의 문을 통과하기만 하면 영왕수는 다시 역사의 수레바퀴를 휘돌면서 자기 마음대로 살아가게 될 것이다. 그 와중에 치는 난장판은 세상의 혼란을 부추겨서 탈혼경의 힘을 강력하게 만들어 줄 것이다.

환룡은 자신의 '진짜 목적'을 생각하며 약간 미소를 지었다. 별다른 감정이 없어 보이던 환룡이었지만, 사실 목적성이 있었다. 곧 영왕수가 환생의 문을 통과하려 할 때였다.

[아참, 그러고 보니…….]

[영왕수, 뭔가 궁금한 게 있나?]

[내 환생체의 이름인 태오(太鳥)는 환룡 네가 지었을 텐데, 뭔가 의미라도 있었나?]

환룡은 망설임 없이 대답했다.

[네가 검성에게 살해당할 때의 광경 때문이다.]

[뭐라고?]

[네 시체를 뜯어먹으러 온 까마귀가 정말 귀엽더라고.]

[…….]

욕인가? 영왕수가 기막혀 했지만, 곧 미친 듯이 웃음을 터뜨렸다.

[크하하하하!! 뭐, 그렇겠지. 하지만 다음에는 검성의 시체를 보게 될걸.]

슈우욱.

영왕수는 자신의 시대에 이미 검성이 소멸(消滅)했다는 걸 아는지 모르는지 자신감 넘치게 한마디를 남기고 갔다. 상식적이라면 검성이 아직까지도 생존해 있을 리는 없지만, 환룡과 영왕수는 그가 분명히 존재한다는 걸 알고 있었다. 이미 초월지경(超越之境)에 깃들어 있는 자라면 시간의 흐름이 의미 없기 때문이었다.

이제 영왕수는 무시무시한 경험과 지식을 이용해서 환생 후 엄청난 속도로 성장할 것이다. 환룡은 영왕수의 그림자를 일별하며 까마중 꽃을 하나 손에 들었다. 그리고 중얼거렸다.

[영왕수, 네게 말하지 않은 게 하나 있다만.]

퍼엉!

까마중 꽃은 갑자기 시꺼먼 까마귀로 변했다. 까마귀

는 울지도 않고 환룡의 보랏빛 장포 위에 앉았고, 환룡은
형체 없는 얼굴을 들어서 까마귀를 주시했다. 잠시 후 환
룡이 까마귀의 머리를 쓰다듬었다.

　[이런 경우는 탈혼경의 윤회에서 처음이라서 태오의
인격을 분리해 두었다. 개인적으로 참 흥미로워서 말이
지.]

　검은 까마귀는 몸이 크게 부풀어 오르기 시작했다. 환
룡의 손끝에서 날아가는 듯싶더니, 곧 폭발하면서 조그마
한 인간(人間)의 형상을 했다. 아까와 다를 바가 없는 소
년, 태오의 모습이었다.

　"쿨럭……."

　소년, 태오는 기침을 토했다.

6.
선택

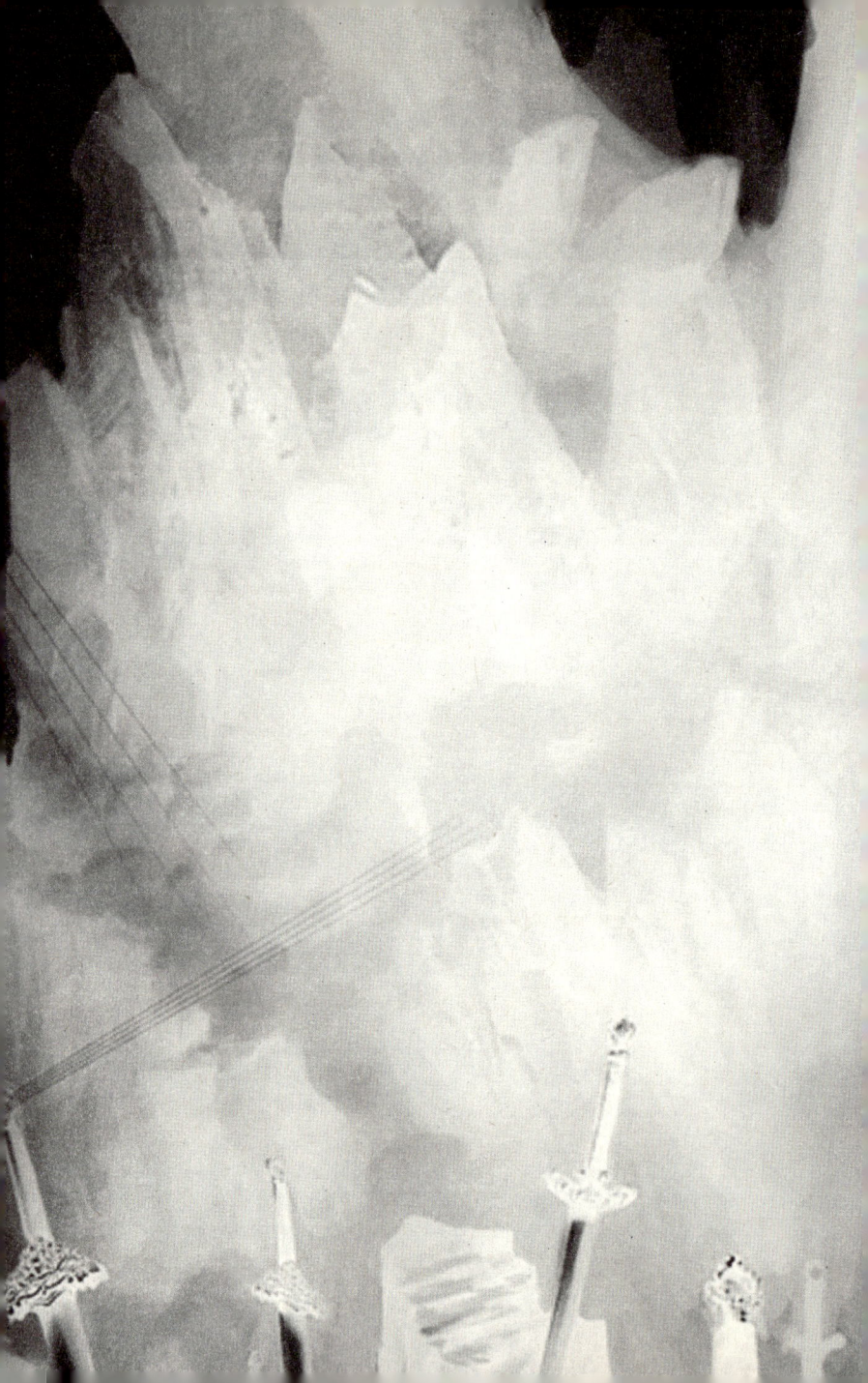

탈혼경의 허무 공간 속에서 나는 정신을 차릴 수가 없었다.

'뭐야? 지금 내가 무슨 소리를 들은 거야?'

죽은 뒤에는 당연한 듯이 사후 세계가 있을 거라고 생각했다. 그런데 정신이 들고 보니 몸조차 없는 상태로 환룡과 '태오'의 대화를 관찰하고 있었다. 말 그대로 삼인칭 시점이라서 나 스스로도 신기했다.

그리고 태오를 보면서 혼란스러워졌다.

'나'는 생각하고 존재하고 있는데, 저기에도 '나' 태오가 있다. 저건 가짜라고 생각하고 싶었지만, 분할 정도로 기억과 생각이 일치했다. 분명히 환룡과 이야기를 하는 것도 태오가 확실했다.

알 수 없는 분노와 공황, 살의(殺意)가 끓어올랐지만, 아무것도 하지 못하고 이야기를 들을 수밖에 없었다. 자신은 유령이나 다름없는 상태였기 때문이다.

그리고 대화가 끝난 후, 환룡이 갑자기 나를 인간형으로 되돌려 놓았다. 나는 땅바닥에 주저앉은 채 턱에 맺힌 땀을 훔쳤다.

"헉, 헉……. 제길, 넌 대체 뭐야……."

[방금 전에 들은 대로다. 탈혼경의 관리자인 환룡이라고 한다.]

"아니, 그게 아니라…… 대체 나는 어째서……."

묻고 싶은 게 산더미 같았다. 좀 더 정확하게 말하자면, 내가 들은 정보를 상대방이 정리해서 내게 확신(確信)시켜 주길 원했다. 나는 잠시 후 이 생각이 어리광이라는 걸 깨달았다. 눈앞의 환룡이 적인지 아군인지도 모르는데 그렇게 형편 좋은 일을 해 줄 리가 있겠는가.

머릿속이 다시 냉정해져서 환룡을 쏘아보며 말했다.

"내가 진짜 태오다! 방금 전에 있던 건 나한테 빙의(憑依)한 괴물일 뿐이다."

[호오, 재미있는 말이군.]

"빌어먹을, 재미고 뭐고 없어! 내가 진짜라는 건 의심할 여지도 없단 말이다!!"

나는 마치 발악하듯이 외쳤다. 환룡의 감정을 읽을 수 없어서 마치 벽에 부딪치는 것 같았다. 내가 이 공간에 있다는 것 자체가 괴로움으로 느껴졌다. 환룡은 내 외침에 턱을 긁었다.

[딱히 영왕수가 진체(眞體)이고 네가 그림자라고 말할 생각은 없다. 흐릿한 기억이긴 할 테지만, 영왕수의 경험과 지식은 네게 일부분 공유가 되었다. 인격까지 분리해서 떠나보냈으니, 너는 이제 별개의 인간이라고 봐도 좋겠지.]

"대체 네놈은 뭘 하고 싶어서 나를 되살린 거냐!"

환룡의 대답은 매우 간단했다.

[보험.]

"……뭐?"

내가 멍청하게 반문하자, 환룡은 어디선가 의자를 소환해서 편하게 걸터앉았다. 어쩐지 나와 대화하는 놈들마다 이야기할 때는 편하게 쉬기를 원하는 듯했다. 내가 경계심 어린 눈으로 쳐다보자 환룡이 말을 이었다.

[말했듯이 영왕수가 적에게 일격(一擊)에 패배해서 기억까지 봉인해야 했던 일은 수만 년의 역사 중에서 처음 있는 일이었다. 나는 어쩔 수 없이 환생체를 고를 경황도

없이 영왕수의 정신을 너의 무의식에 쑤셔 넣어야 했지. 그러므로 너는 영왕수인지 아닌지 애매한 존재가 되어 버리고 말았다.]

"개자식! 네놈들 멋대로 내게 무슨 짓을……."

덥썩.

나는 화가 나서 환룡의 멱살을 잡았다. 쥐고 흔들면서 한 대 패고 싶었다. 환룡은 멱살을 잡힌 상태에서 그저 가만히 있었는데, 여전히 얼굴은 형체 없는 흑운이 감돌고 있어서 오싹하게 느껴졌다.

'이건 사람의 형상을 하고 있을 뿐, 사람이 아니구나!'

환룡은 멱살을 붙잡힌 상태에서 무미건조하게 말했다.

[그게 어째서 나쁜 일이냐?]

"뭐라고?"

이게 미쳤나? 나는 황당해서 반문했지만, 이어진 말에 말문이 막혔다.

[네가 유극문에 입문한 지 한 달 만에 검성전 십육강에 드는 초절정고수, 귀검 장문영을 꺾을 수 있던 건 말 그대로 영왕수의 기억 덕분이다. 이후로 추격당하면서 계속 각성하면서 무공 수준이 진화(進化)한 것도 영왕수의 기억 덕분이다. 그런데도 너는 영왕수와 탈혼경을 부정하는 것인가, 태오?]

"……."

할 말이 없었다.

확실히 내가 생각해도 무지막지한 성장 속도였다. 영왕수의 기억을 받았다는 건, 말 그대로 수만 년이나 무림에서 수련했다는 뜻. 그 영향으로 내가 원하던 대로 강호의 삶을 경험했다는 사실은 인정할 수밖에 없었다.

환룡은 내가 멱살을 잡은 걸 아랑곳하지 않는지 말을 이었다.

[내가 너라는 소년을 환생체로 고른 이유는 영왕수의 취향에 그럭저럭 들어맞았기 때문이다.]

"취향이라고?"

[정확히는 탈혼경의 소유자가 될 만한 조건이다.]

환룡의 말이 이어지자 나도 모르게 입이 떨리면서 멱살을 놓게 되었다. 듣기만 해도 섬뜩한 공포감과 소름이 느껴졌기 때문이다.

[눈에 안 띄고, 범속하며, 평범하고, 재능 없고, 무림에 대한 동경이 강렬하고, 생각은 많고, 현실에 집중할 수 없고, 정서가 불안하고, 미래를 외면하고, 어리고, 자기의 욕망을 소중히 여기고, 망상이 많고, 어둡고, 만사가 귀찮은 녀석.]

"……."

[탈혼경의 소유자에게 재능이나 가문, 혈통 따윈 중요하지 않아. 도리어 필요 없어. 선악도 필요 없다. 무림에 대해 한결같은 동경을 품고, 본인은 범속하기 짝이 없는 주제에, 어디에서나 볼 법한 평범한 인간. 그런 인간이야말로 탈혼경을 이용해서 계속 윤회를 하고 일관되게 자신의 욕망과 힘을 키워 나갈 수 있는 것이다.]

"미, 미친놈들. 대체 왜?!"

나는 반문할 수밖에 없었다. 기준이 너무 황당했기 때문이다. 저 말대로라면 도리어 무림과 상관없는 일반인일수록 탈혼경을 잘 사용할 수 있다는 말이 아닌가. 환룡은 한순간 웃는 것처럼 느껴졌다.

[탈혼경에 재능이 왜 필요한가? 재능이 뛰어나면 쉽사리 높은 경지에 오르게 되고, 두세 번만 윤회를 거듭해도 손쉽게 질려서 벗어날 방법을 찾게 된다. 그리고 자신의 수준에 만족해서 더 이상 나아갈 생각을 하지 않게 된다. 혈통이나 가문, 신체도 마찬가지다. 무림의 세계에서 힘을 손쉽게 얻어 내면 빠르게 질려 버린다는 게 맹점이다.]

"평범하고 재능이 없다면 계속해서 탈혼경을 쓰게 된다는 건가? 질리지도 않고?"

[말해서 무엇하나. 방금 전의 영왕수는 이천오백육십

번 동안 윤회를 반복했는데, 손쉽게 기연과 영약을 얻는 법을 터득한 것은 일천오백 번을 넘어서였다. 그리고 그 정도까지 사용하게 되면 이미 혼(魂)과 동화(同化)되어서 벗어날 수가 없게 된다.]

"......"

무섭다. 진심으로 무서웠다.

'이놈은 방금 전 영왕수도 이용해 먹고 있다!!'

환룡의 목적은 탈혼경에서 영왕수가 벗어나지 못하게 하려는 것이다. 그리고 말하는 것을 보면, 영왕수 이전에 '또 다른' 영왕수가 있던 것 같았다. 환룡의 나이야말로 측정 불가능이라고 할 수 있었다.

[넌 몹시 흥미로운 존재야. 나도 확신은 없었는데, 너와 영왕수의 인격은 분리가 가능하더군. 그래서 일단 영왕수를 세상으로 보내 놓고 천천히 이야기를 해 보고 싶었어.]

이야기를 하기가 싫었다. 내 생각대로라면 눈앞에 있는 환룡은 마왕(魔王) 중의 마왕이었다. 천하를 파괴할 수 있는 영왕수를 제 맘대로 부리는 환룡과 대화를 한다는 건, 나 또한 상대방의 마(魔)에 끌려 들어간다는 뜻이었다.

어느새 나는 멱살을 잡은 손을 놓고 있었다. 환룡이 의

자에 앉은 채 턱을 괴었다.

[아까는 검성의 정체를 모른다고 했지만, 사실 어느 정도는 짐작하고 있다. 그자는 삼천세계(三天世界)를 통틀어서 자신만의 천년검로(千年劍路)를 찾아가는 투신(鬪神)으로 알려져 있다. 얼추 예상되는 세월의 차이는 열 배 이상…… 지금의 영왕수로는 이기기는커녕 일격을 받아 내기도 힘겨운 상대지.]

"응? 뭐, 뭐야? 그렇다면 대체 얼마나 강하다는 거야?"

나는 나도 모르게 침을 꿀꺽 삼켰다. 천문학적인 수위라서 가늠조차 안 되었다.

지금 내 기억 속에는 영왕수의 기억이 삼 할 정도 남아 있었다. 그리고 그걸로 유추해 본 영왕수 전성기의 무위(武威)는 가히 신 급에 가까웠다. 이따금 환영 속에서 보았던 화산 폭발이나 천재지변, 대륙 절단 같은 짓도 해낼 수 있었다. 혼자서 대륙의 인간들을 멸망시킬 수 있는 짐승!

그런 영왕수로서도 감당이 안 될 정도라니, 상상이 가지 않았다. 이미 그건 인간이라 부를 수가 없을 것이다. 신(神)이라고 불러도 무난했다.

환룡이 나직이 말을 이었다.

[단순 계산으로는 최소한 일만 년(一萬年)의 세월이 있어야 검성을 쓰러뜨릴 희망이 보인다. 그러나 이미 혈영무신이라는 떡밥을 던진 검성은 결코 그만큼 기다려 주지 않겠지. 영왕수가 대륙에 출현할 때마다 등장해서 악행을 저지르기 전에 쓰러뜨릴 게 분명하다.]

"……"

[그때마다 이런 식으로 기억을 봉인하고 윤회시킬 수도 없는 노릇.]

나는 그제야 환룡의 속셈을 깨달았다.

검성이라는 존재는 탈혼경과 환룡, 영왕수가 절대악(絶對惡)이라는 걸 간파하고, 시공간을 무시하고 출현하는 그들을 막기 위해서 '이름[名]'에 관련된 장치를 했다. 영왕수가 궤도에 올라서 힘을 쌓기 시작하면 즉시 검성에게 알려지고, 검성은 시공간을 초월하고 날아와서 영왕수를 죽이는 것이다!

그 때문에 환룡은 검성이라는 존재를 극복할 방법을 찾기 시작했고, 지금 나와 영왕수를 분리시킨 것이었다. 하지만 어떤 방식으로 실행할 건지는 알 수 없어서 나는 환룡의 말을 기다렸다.

"보험이란 게 그런 뜻이었군. 내게 원하는 게 뭐야?"

[상황을 이해했구나.]

"······너한테 협조하지 않으면 나는 되살아날 수 없을 테니까."

나는 떫은 얼굴로 중얼거렸다. 아까 영왕수와 하던 이야기로 볼 때, 탈혼경의 힘을 빌어서 되살아나는 건 가능했다. 하지만 그건 전적으로 환룡의 의지에 달린 일이었다. 환룡이 원하지 않는다면 이 공간에 무한히 처박아 둘 수도 있는 것이다.

'아마 내가 들을 것까지 계산하고 일부러 아까 이야기를 꺼낸 거겠지······.'

환룡은 아무래도 좋다는 듯 고개를 돌렸다.

[내 조건을 수락한다면 바로 원래 육체를 통해서 현세로 되돌아가게 해 주겠다. 사실상 부활이라고 할 수 있겠지.]

"그건 아까 말한 '첫 번째' 방법 아닌가? 그 방법대로라면······."

[구성천에게 쫓기게 된다.]

"······."

아까 했던 말 중에서 빈말이나 거짓말은 없던 모양이다. 나는 잠시 내가 겪은 구성천에 대해서 생각을 해 보았다.

굴화위지는 강했지만, 사실 도망치려고 하면 쉬운 상

대였다. 내 경공이 훨씬 빠르기 때문이다. 문제는 서열이 위, 무상천마의 전승자였다. 나는 협유곡주의 강력함을 생각해 내자 입술이 파랗게 식을 정도로 몸이 떨렸다.

'정말 엄청나게 강했다. 그런 놈이 만일에 여덟 명이나 찾아온다면…….'

협유곡주 하나도 당해 내지 못하는데, 그와 동격에 있는 절세고수들을 감당해 낼 리가 없었다. 결국 부활한다고 하더라도 시한부 인생이나 다름없는 것이다. 영왕수의 기억에 따르면, 구성천 전승자들은 대륙 어디에 있든 간에 쫓아갈 수 있는 추적술이 있기도 했다.

"……짜증나는군. 정작 진범은 놔두고 나만 쫓기는 신세가 되는 거잖아."

[싫다면 안 해도 좋다. 이대로 너를 탈혼경에 흡수시키는 것도 나쁘지 않으니.]

"젠장, 할 거야! 한다고! 조건이나 말해 봐!"

나는 화를 버럭 냈다. 내게 선택할 권한은 없었다. 한순간에 이런 상황에까지 몰리게 되니 기가 막히기도 하고, 구성천을 피해 도망갈 생각 때문에 걱정이 앞섰다. 결국 나는 도주자의 삶을 살게 되는 건가.

환룡은 고개를 끄덕이곤 말했다.

[검성(劍聖)을 찾아라.]

검성.

그 단어를 듣자 가슴속 한 켠이 쿵! 하고 내려앉는 듯
했다. 지금까진 그저 전대 무림의 고수라는 생각밖에 들
지 않았지만, 검성의 진짜 위상은 세계 최강(世界最强).
탈혼경의 마왕 환룡마저도 두려워할 정도의 절대무적자.
그를 찾는다는 건 아마 내 목숨을 내놓는 여행이 될 게
분명했다.

"검성은…… 죽은 게 아니었나?"

[왜 그렇게 생각하지, 태오?]

"수도에서 황제가 죽었어. 아, 의자 좀 줘."

나는 환룡을 노려보다가 주문을 했다.

[그러지.]

환룡은 군소리 없이 의자를 소환해 주었다. 환룡은 편
하게 앉아서 얘기하는데 나만 서서 얘기하는 게 짜증났기
때문이다. 나는 풀썩 주저앉아서 말했다.

"지금 활동하는 건 검성의 손자인 남룡제(南龍帝)다.
수도에서 황제가 죽었을 정도니 남룡제의 힘만으로는 감
당이 안 되는 건데, 그렇게 엄청난 힘을 지닌 검성이 왜
활동하는 않는 거지?"

[……]

"흑황령이고, 백황령이고, 무황령이고. 그 말대로라면

검성의 일초지적도 안 되는 거잖나."

[그 말은 설득력이 있군. 확실히 검성이 나선다면 대륙을 휘감고 있는 어두운 음모나 마두, 살인마, 사악한 무리는 모두 근절될 것이다. 그자는 그만큼의 힘을 지니고 있으니.]

환룡은 거기까지 읊조리다가 고개를 저었다.

[하나 그건 초월자들의 심리를 모르고 하는 소리.]

"엥?"

[나와 마찬가지로 그자 또한 이 세상의 선악에는 관심이 없다. 그자는 정(正)도, 마(魔)도, 협(俠)도 아니다. 인간의 운명 따위는 하잘것없는 쓰레기와 다를 바가 없으니 움직이지 않을 뿐이다.]

"……."

그 말대로라면 검성의 흥미를 끄는 것은 오로지 강한 존재뿐인 건가.

[검성은 분명히 태오, 너의 시대에 살아 있다. 그자는 이미 시간의 흐름을 무시하고 영생(永生)을 얻었기 때문이다. 태오, 네가 해야 할 일은 검성을 찾는 것이다.]

나는 정신이 아찔해지는 기분이 들었다.

'영생이라고? 불로불사(不老不死)!'

모든 인간이 간절하게 바라고 있지만 신선 이외에는

누구도 얻지 못했다는 금단의 꿈! 신선조차도 허무맹랑한 소리인 바에야 무슨 말을 더 할까. 검성은 진짜로 살아 있는 무신(武神)인 것이다.

나는 잠시 생각하다가 어깨를 으쓱였다.

"그건 알겠는데, 어떻게 찾으라는 거야? 구성천에 쫓기면서 나 살기도 바쁜데, 적어도 추적할 단서 정도는 줘야지."

[최대의 단서를 네가 가지고 있지 않느냐.]

"뭐?"

스윽.

환룡의 시꺼먼 흑수(黑手)가 들어 올려져서 내 손을 가리켰다. 손가락에 끼워진 지륜(指輪)이 영롱한 빛을 발하고 있었다.

"이, 이게 왜 여기에 있어? 혼만 들어온 거 아니었냐?"

[검성지륜은 후계로 인정받은 자의 영혼을 수호한다. 이 공간에서 흡수하려고 했지만, 검성의 힘이 너무 강해서 그게 되지 않는군…….]

아마 내 영혼을 통째로 가져오면서 육체도 함께 지워버려서, 육체에 있던 지륜도 탈혼경에 들어오게 된 모양이었다. 내가 신기한 눈으로 검성지륜을 내려다보자 환룡이 말했다.

[그 검성지륜(劍聖指輪)은 검성이 혈육에게 대대로 전승하는 물건. 너도 알고 있겠지만, 거기에는 검성의 기억과 경험도 약간이지만 담겨 있다.]

"그걸 읽어 내서 검성을 찾으면 된다는 건가?"

[그리 어려운 일은 아닐 것이다. 검성지륜을 얻는 일 자체가 불가능에 가까웠는데, 네가 마침 얻어내 주었으니.]

"……."

반지를 보고 있으려니 예화의 얼굴이 떠올랐다. 검성의 증손녀이자 천산산맥에 은거하고 있던 소녀. 얼떨결에 고백을 받아서 지륜을 나누게 된 사이. 상황이 여기까지 오게 되니 너무 미안한 마음이 들었다.

'내가 그때 고백을 제대로 거절했더라면…….'

일이 여기까지 꼬이지는 않았을 것이다. 내가 수도에서 진작 죽었을 수도 있겠지만, 검성의 가문에 너무 큰 빚을 지고 있는 듯한 느낌이었다. 나는 입술을 꽉 깨물었다가 환룡의 제안을 승낙했다.

"좋아, 하겠어. 단지 나도 조건이 하나 있다."

[뭐지?]

"검성을 제외한 그의 일가에게는 너와 영왕수가 손을

대지 않겠다고 약속해."

[흐음…….]

환룡이 의외라는 기색으로 턱을 쓰다듬었다. 저 버릇은 환룡이 당황하거나 생각할 때 나오는 듯싶었다.

[약속은 못하겠군. 검성을 끌어들이기 위해서 인질로 쓸 만할 테니까.]

"……솔직한 새끼군."

환룡은 잠시 후 손가락을 하늘로 향했다.

[좋아, 약속하겠다. 대신 네게도 제약을 하나 붙여야겠다.]

철그렁.

갑자기 주변에 여러 겹의 쇠사슬이 나타나더니 내 손발을 칭칭 감았다. 가공의 공간인데다 무공을 전혀 사용할 수 없어서 순식간에 묶여 버렸다. 내가 물끄러미 쇠사슬을 관찰하고 있자, 쇠사슬의 끝이 공중에 떠올랐다.

푸욱!

"……!!"

쇠사슬은 지체하지 않고 내 심장을 꿰뚫었는데, 놀라운 건 아프지도, 떨리지도 않는다는 것이었다. 마치 내몸이 물처럼 변해 버린 듯했다. 아마 영혼 상태이기 때문일 것이다. 심장으로 말려 들어간 쇠사슬은 조그마하게 변하더니, 이내 몇 십 장이나 되는 길이가 심장을 에워싸는 조그마한 쇠사슬로 변했다.

쇠사슬에 묶인 심장은 투명한 몸 너머로 선명하게 보였다. 환룡은 '제약'을 마치고는 천천히 말했다.

[나는 시간에는 관대하다. 수십 년이 걸리더라도 네가 늙어 죽기 전까지만 찾으면 된다. 그리고 구성천과 내통하든 탈혼경의 비밀을 까발리든 상관하지 않겠다. 배신도 얼마든지 허용한다는 소리다. 하지만……]

덜컹.

갑자기 혈맥이 모두 끓어오르는 듯한 기분이 들더니, 전신의 살가죽을 벗기는 듯한 고통이 밀려들었다. 손가락은 조그마한 가위로 절단되고, 눈알은 뽑히고, 인대가 늘어져서 녹는 듯했다. 이 정도 고통은 생전처음 느껴 보는지라 절로 입이 벌려지고 침이 질질 새어 나왔다.

"끄아아아아아악!!"

아프다. 아프다. 그냥 죽고 싶지만, 이미 살아 있지 않았다.

혼의 상태에서 이런 괴로움을 겪는다는 게 이해가 되지 않았지만, 격통 때문에 의자에서 멀어져서 나뒹구는 동안에 환룡의 말이 똑똑히 들려왔다.

[이건 영겁금령쇄(永劫禁靈鎖)라고 하는 건데, 구시대

의 지배자가 남긴 유물이다. 금오도 십절진(十絶陳)에 쓰이는 보패(寶佩)를 녹여서 만든 쇠사슬이니 효과는 무엇보다도 확실하다.]

우드드득.

"끄아아아아아!!"

인생의 행복이 모두 한순간에 잊혀졌다. 이 고통을 면할 수만 있다면 개가 되어서 발을 핥으라고 해도 할 수 있을 것 같았다. 수백만 마리의 개미가 한 움큼씩 살을 미어 떼어 발작이 반복되는 느낌은 처참하기만 했다.

[검성을 찾지 못하고 죽는다면, 그때부터는 영겁금령쇄가 작용해서 네 영혼을 으스러뜨리고 파괴할 것이다. 이 고통이 수백 년간 영겁처럼 이어지다가 결국 유귀(幽鬼)만도 못한 처지가 되어서 윤회에서 사라지겠지.]

파앗!

한순간, 고통이 거짓말처럼 말끔해졌다. 나는 식은땀이 줄줄 흐르고 코피가 쉴 새 없이 떨어지는 동안에 무릎꿇은 채로 땅바닥을 노려보고 있었다. 고통에는 제법 내성이 있다고 생각했지만, 이런 고통은 난생처음이었다. 무공으로 단련된 정신으로도 겨우 미치지 않고 버티는 수준이라니!

"헉, 허억, 허억."

[알겠지? 도망친다든지 하는 어설픈 생각은 하지도 마라. 영접금령쇄는 네가 죽은 다음에 발동하는 거니까!]

"……."

이런 건 답이 없었다. 차라리 기한을 정해 놓고 발동하는 제약이면 상관없는데, 내 수명을 놓고 사후 세계를 조종하다니! 사신(死神)이나 다름없는 저주가 새겨진 셈이라 말문이 막혔다. 검성을 찾지 못하고 멋대로 놀다가 죽으면 결국 내 손해란 뜻이었다.

'게다가…… 사람이 죽는 건 너무 쉬운 일이다…….'

자연사만이 죽는 게 아니었다. 내가 다른 무림인에게 살해당해도 죽으면 마찬가지다. 나는 잠시 동안이지만 그냥 탈혼경에 흡수되는 편이 낫지 않을까란 생각을 하게 되었다. 방금 전의 고통이 너무 강렬해서 도저히 이겨 낼 자신이 없었다.

[최선을 다하는 게 좋다. 검성지류을 전해 받았다지만, 남룡제도 자신의 조부를 평생 한 번도 보지 못했다. 혈육의 이목조차도 꺼릴 정도니 어려울 것이다.]

"됐어. 내가 알아서 한다."

으득.

이빨을 깨물며 일어섰다. 지금은 근성만이 답이었다. 내가 영왕수의 빙의체란 걸 알게 돼서 비밀이 밝혀진 지

금, 더 이상 재능에 대한 환상은 없었다. 그저 지금 내가
할 수 있는 일을 하면서 앞으로 나아갈 수밖에 없었다.

환룡이 만족스러운 듯 얼굴의 흑운을 꿈틀거리며 일어
섰다.

[좋다. 나가는 김에 선물을 하나 주지.]

키잉.

갑자기 공간이 열리더니, 의문의 검(劍) 한 자루가 허
공에서 내리꽂혔다. 장식이 하나도 없는 투박한 묵검(墨
劍)이었다. 무심코 검을 집어 들자 청동 재질이라는 걸
한눈에 알 수 있었다. 특이한 점은 검치고는 피가 흘러내
리게 하는 혈조 장치가 없다는 점이었다.

"이 검은?"

[이름은 모순(矛盾)이다.]

"이상한 이름이군."

[써 보면 왜 그런지 알 것이다.]

우웅.

환룡의 말이 끝나는 순간, 나는 이미 새하얀 공간에서
벗어나서 웬 풀밭에 있었다. 처음 영왕수가 정신을 차린
춥고 어두운 숲이었다. 때는 벌써 새벽을 지나서 아침이
가까워져서, 대나무 사이로 햇빛이 가느다랗게 새어 나오
고 있었다.

방금 전에 있던 일이 마치 환상인 것처럼 내 몸은 처음 그대로였다. 어린 나이에 쌓아 올린 초절정 급의 내공도 그대로였고, 무공에 적합하게 마련된 신체였다. 그러나 예전처럼 머릿속에서 영기(靈氣)와 재능이 감도는 느낌은 이제 들지 않았다.

"⋯⋯."

내 손에는 모순검이 들려져 있었다. 모순검을 햇빛에 비춰 보자 검날이 햇빛에 닿은 부분만 투명해졌다. 절세 신병인 게 분명했다. 뜻밖에 무기를 얻었지만, 마음은 그다지 기쁘지 않았다.

'검성을 찾아야 한다.'

검성을 찾은 후에 환룡이 어떤 흉계를 꾸밀지는 짐작할 수 없었다. 환룡에게 있어서 검성은 최대의 장애물이니 수단 방법을 가리지 않고 없애려 할 것이다. 그리고 나는 그의 손발이 되어서 검성을 파멸시키는 데 일조하는 것이다.

양심의 가책이 느껴졌지만, 어쩔 수 없었다. 아까 같은 고통을 한 번 더 당한다면 버틸 수가 없을 것이다. 좋든 싫든 간에 나는 이제 검성을 찾아야만 하는 처지에 놓인 것이다. 나도 모르게 한숨을 쉬었다.

"후우—"

나는 주변을 둘러보며 중얼거렸다.

"여긴 협유곡이 아닌 것 같군."

이곳이 협유곡에서 일 천 리나 떨어진 호북성(湖北城)
이라는 사실을 깨달은 건 그로부터 다섯 시진이 지나서였
다. 한참을 걷다가 민가에서 내 위치를 파악한 후, 앞으
로 어떻게 해야 할지를 고민해 보았다.

시간은 넉넉했다. 죽기 전까지만 검성을 찾으면 되니
까, 일단은 남룡제(南龍帝)를 다시 찾아봐야 할 것 같았
다. 그는 검성의 손자인데다가 수많은 비밀을 손에 쥐고
있으므로, 그를 찾으면 일이 빨리 진행될 것이다.

"남룡제는 수도로 향했을 테지만……."

수도로 무작정 가는 건 지금 상황에선 절대 있을 수 없
는 일이었다. 내가 태천맹에 난입해서 수많은 고수들을
혼란에 빠뜨렸다고 하지만, 두 번이나 그렇게 할 수는 없
었다. 이제는 더 많은 고수들이 수도에 몰려 있을 테고,
잘못하면 정말로 죽게 될 것이다.

지금 해야 할 일은 실력을 쌓는 것!

영왕수의 기억을 살려서 지금 익히고 있는 무공을 더
욱 발전시키는 게 최선인 것이다. 내가 거기까지 생각하
고 있을 때였다.

"여기에 있었군요."

산길의 소로(小路)였다. 단풍잎이 몇 가닥씩 바람에 흩날리는 붉은 광경에는 한 인영(人影)이 길을 가로막고 있었다. 상대방은 독특한 복장을 하고 있었는데, 태월하 사부처럼 커다란 삿갓에 허리춤에 한 쌍의 판관필을 매고 있었다.

말을 걸어 온 상대는 곧 삿갓을 벗었다. 마치 반안과 송옥을 연상시킬 정도로 뛰어난 외모였는데, 어쩐지 여성스러웠다. 턱 선이 매우 얇고 묘한 기운을 풍기고 있었다. 미소년이라기보다는 미청년이라는 말이 어울릴 것이다.

그자가 고개를 숙이며 말했다.

"반갑습니다. 저는 갑운애루의 주인, 강소호(襁沼湖)입니다."

"갑운애루? 청부 조직이군."

나는 심드렁하게 중얼거렸다. 갑운애루의 소문은 몇 번 들은 적이 있었다. 나를 쫓던 현상금 사냥꾼이나 검사들이 자주 언급하기도 했다. 강호 최대의 청부 단체이며, 더러운 일도 도맡아서 하는 들개 같은 조직이라는 소문이었다. 다만 갑운애루의 간부들은 매우 뛰어난 무공을 지니고 있어서 강호의 두려움으로 존재한다고 했다.

갑운애루주가 싱긋 미소를 지었다.

"태오, 아니, 서열 일 위 영왕수(靈王獸)라고 할까요? 빨리 찾아서 정말 다행입니다."

퍼억!

갑운애루주의 말이 끝나는 순간, 나는 득달같이 파고들어서 그의 명치에 수도(手刀)를 먹였다. 보통 사람의 눈에는 비치지도 않는 속도라서 제대로 먹히면 일격에 즉사였다. 나름대로 최선을 다한 기습이었지만, 갑운애루주는 한 손으로 내 수도를 막아 낸 상태였다.

그는 힐끔 내 손을 내려다보더니 말했다.

"아라한신권의 관마영불(貫魔盈佛) 초식이군요. 아무래도 당신이 구성천 무공을 익히고 있을 거라는 예상은 들어맞았군요."

나는 그가 말을 잇는 동안에 수도를 빼고 반경 일 장의 거리에서 쉴 새 없이 주먹과 발차기를 날렸다. 특별한 초식은 담겨 있지 않았지만 하나하나가 가공할 빠르기를 지니고 있어서, 웬만한 강호의 절정고수는 이것만으로도 격침시키는 게 가능했다.

하지만 광풍처럼 몰아치는 내 공격에도 갑운애루주는 마치 흩날리는 낙엽처럼 힘을 모조리 흘리면서 가볍게 받아 내었다. 그는 유권(柔拳)의 고수인 듯, 기습이나 강격으로는 쓰러뜨리기 힘들어 보였다.

콰앙!

한순간 서로의 장력(掌力)이 부딪치자 바람이 터져 나가면서 반경 십여 장의 나무가 쓰러지고 나뭇잎이 미친 듯이 흩날렸다. 아수라장 속에서 나는 모순검을 꺼내 들까 생각해 보았지만, 적인지 아닌지 불확실한 상태에서는 비장의 수단을 감춰야 한다는 생각이 들었다.

내가 입을 꽉 다물고 갑운애루주를 노려보자, 그는 나뭇가지 위에 한 발로 서서 경공을 뽐내며 말했다.

"다시 소개드리지요. 구성천(九聖天) 서열 칠 위(七位) 육합천괘(六合天卦)의 당대 전승자인 강소호입니다. 이렇게 만나니 정말 반갑군요."

구성천!

예상은 했지만 직접 귀로 들으니 머릿속이 캄캄해졌다.

'큰일났다!'

방금 한 수를 나눠 본 결과로는, 눈앞의 강소호는 절대 천룡육신군의 아래가 아니었다. 강호의 초절정고수라 불리기에 충분했다. 강소호가 그 외에도 다른 비장의 한 수를 지니고 있을 경우, 생사를 가늠하기도 벅찬 격전이 될 가능성이 높았다.

진짜 문제는 영왕수라는 단어였다. 상대가 나를 영왕

수라 생각하고 추격해 온 거라면 결코 혼자 오지 않았을 것이다. 이 근처에 다른 전승자가 있다는 뜻이니 잘못하면 이 자리가 명년 내 제삿날이 될 가능성이 높았다.

"어쩌자는 거지?"

속으로는 당황했지만 겉으로는 아닌 척하며 냉정하게 입을 열었다. 갑운애루주는 빙긋 웃으며 나뭇가지에서 내려와서 지상에 착지했다.

"마치 제가 찾아올 것을 예상한 듯하군요. 과연 역사의 종말을 고하는 짐승인 겁니까? 새삼 두려워지는데요."

"비켜. 이런 데서 낭비할 시간이 없으니까."

"그럴 수는 없습니다."

쿠구구구.

나는 품에서 모순검을 꺼내 들고 결전의 태세를 취했다. 눈에서 안광이 빛나면서 기세가 거칠게 흘러나오자 땅이 떨리고 기막이 몇 겹으로 펼쳐졌다. 갑운애루주를 최대한 빨리 해치우고 싶었다.

"……라고 말하고 싶지만, 오늘은 그냥 얼굴이나 보러 온 거라서요."

"뭐?"

뜬금없이 갑운애루주는 휙, 등을 돌렸다. 내가 임전 태세인 걸 아랑곳하지 않는 태도였다. 이 상태에서 내가 바로 공격에 들어가면 한 박자가 늦을 수밖에 없어서 수세에 몰릴 게 뻔한데도!

갑운애루주는 등을 돌린 채 말을 이었다.

"이 자리에서 해치우고 싶었지만, 이상한 점괘가 나와 버렸군요. 제 육합천괘는 천기의 운행을 읽고 인간이 나아가야 할 길을 가르쳐 줍니다. 한데 이상한 게, 지금 당신에게는 죽음의 운명이 존재하지 않는군요. 뿐만 아니라 천랑성(天狼星)의 기운이 있습니다."

"……."

"영왕수이지만 영왕수가 아닌 존재라…… 흥미로워요."

콰광!

"컥!"

갑자기 기막이 뚫리면서 폭발이 일어났다. 나는 찰나의 순간에 은밀히 농축된 기운이 무려 열여덟 발이나 내방어를 뚫었다는 사실을 알아챘다. 눈을 부릅뜬 채로 간신히 몸을 추슬렀지만, 받은 충격은 이루 말할 수가 없었다.

'설마…… 아까의 공격에서 이미 치명타를 먹일 수 있었다는 건가? 나는 전혀 놈의 절초를 못 봤다는 뜻인가!!'

나는 갑운애루주와의 실력 차이를 깨닫고 등골이 서늘
해졌다. 예상대로라면 적어도 두세 수는 격차가 존재하
고, 제대로 붙으면 백 초도 되지 않아서 너덜너덜해질 것
이다. 천하에 이런 고수가 또 있을 거라고 생각하니 머릿
속이 어지러워졌다.

구성천 전승자들은 괴물이다!

이빨을 악물면서 갑운애루주를 노려보자 그가 말했다.

"일 년 후에 모든 전승자를 모아서 죽이러 오겠습니다.
그때까지 성실하게 살아가시길."

갑운애루주는 말이 끝나자마자 벼락처럼 사라져 버렸
다. 동체 시력에도 비치지 않은 걸 보면, 저것도 무공이
아니라 술법인 듯했다. 절대고수라고 불릴 만한 자와 뜬
금없이 한 수를 겨루고 나자 진이 빠져서 풀썩 주저앉았
다.

"아이고, 젠장."

갑운애루주가 내게 동정심이 생겨서 놓아준 것은 아니
었다. 단지 내가 진짜 영왕수인지 확신할 수 없기 때문이
었다. 하지만 환룡의 의지에 따라서 '두 명'의 영왕수가
생긴 것까지 간파하다니, 갑운애루주를 포함해서 구성천
전승자들은 괴물이나 다름없는 존재들이었다.

'하긴 그 정도는 되어야 시공을 역행하는 탈혼경에 대

항할 수 있겠지.'

말은 그렇게 했지만, 내게는 일 년의 시간이 남은 셈이었다. 갑운애루주 입장에서는 확신하든 아니든 나를 때려죽이는 편이 낫기 때문이다. 일 년 후에 구성천 전승자 여덟 명이 우르르 몰려오면 죽음을 절대 피할 수 없으리라.

나는 나뭇등걸에 기대며 중얼거렸다.

"절대고수들이 나를 추적하고, 영왕수의 기억도 삼 할밖에 남지 않았다라…… 힘들구만."

죽으면 고통의 지옥까지 기다리고 있다. 나는 말할 힘도 없을 정도로 괴로운 현실 때문에 씁쓸한 웃음을 지었다. 강호행이 힘들 거라고는 생각했지만, 설마 순식간에 구렁텅이까지 몰릴 줄이야.

정말로 이런 상황을 힘 하나로 해결할 수 있는 걸까?

나는 스스로에게 반문하면서 곧 자리에서 일어섰다.

"우선은…… 수련부터 해 볼까."

일 년 이내에 남룡제를 찾으러 다시 수도에 가야 한다. 최소한 천룡육신군을 때려눕힐 정도는 되어야 이야기를 할 만했다. 그러기 위해서는 지금 익히고 있는 무공 중에서 가장 강력한 비기를 연마해야 했다.

광혈인(光血印).

제일 먼저 떠오르는 필살기는 이거였다. 구성천의 무
공에 비하면 위명이 초라해 보일 수도 있지만, 사실 진짜
강적들과 겨룰 때는 광혈인에 숨겨진 묘의가 언제나 나를
구해 주었다. 간단한 초식 사이에 어떤 고수에게도 대항
할 수 있는 방어의 극의가 숨겨져 있기 때문이었다.

분명히 영왕수의 기억을 뒤지다 보면 광혈인에 대한
게 있을 것이다.

오늘부터 짧은 기간 동안 지옥 수련이다!

"여기가 좋겠구만."

나는 무당파 밑에 있는 조그마한 야산에 터를 잡기로
했다. 구파일방 무당파와 매우 가깝다고 하지만, 여기는
별로 사람들의 시선에 띄지 않았다. 뿐만 아니라 무당파
속가 제자들의 관할 지역은 설렁설렁 감시하는 경향이 있
어서 은거하기에는 최적의 장소인 것이다. 마을과 가까워
서 음식을 보급하기도 좋았다.

현재 내 광혈인의 성취는 팔성.

스승인 성구몽의 성취인 십성(十成)에 도달하면 내 무
공은 비약적으로 진화할 것이다. 나는 근성을 되새기며
주먹을 불끈 쥐었다.

"일단 남룡제를 구하고, 검성을 찾는 거다!"

나는 이때까지만 해도 모르고 있었다.

설마 광혈인을 수련하는 게 천하제일마(天下第一魔)에 가장 가까워지는 길이라는 사실을.

*   *   *

신룡전의 총관, 유륵(柳勒)은 유극문 앞에 와 있었다. 문지기가 무슨 용건이냐고 묻자 그는 대뜸 말했다.

"성구몽 장로를 만나러 왔네."

"댁은 뉘시오?"

"총관이라고 전해 주시게."

문지기는 의혹 어린 표정을 짓다가 유극문 안으로 걸어 들어갔다. 평제자들이 난데없는 방문자에 호기심을 느끼고 몰려들고 있었다. 하지만 유륵은 시선에 신경 쓰지 않고 바위에 걸터앉아서 평소처럼 비파를 뜯었다.

유극문 삼장로(三長老)의 한 명, 성구몽 장로가 벼락처럼 달려 나온 것은 그로부터 일각 후였다. 그는 평소답지 않게 긴장하고 주먹을 불끈 쥔 채 신룡전의 총관 유륵을 정면으로 노려보았다.

"여기는 장소가 좋지 않소만, 무슨 일이십니까?"

"혁!"

지켜보던 사람들이 깜짝 놀랐다. 성구몽 장로는 은연 중에 강호의 은거고수라고 알려져 있어서 그 누구에게도 함부로 존칭을 쓰지 않았다. 그런데 닭 잡을 힘도 없어 보이는 청년 악사에게 공손하게 말할 줄은 몰랐던 것이다.

신룡전 총관은 조용히 말했다.

"따라오시오. 이목이 없는 곳을 마련해 뒀소."

파앗!

총관의 몸이 사라졌다. 너무나 빨라서 술법으로 착각할 정도였지만, 성구몽 장로는 순수한 무공의 경지라는 걸 알고 있었다. 천리독행(千理獨行)의 경신법이라면 충분히 저런 신위를 보일 수 있는 것이다.

성구몽 장로 또한 진신 무공을 동원해서 총관의 행적을 쫓았다. 총관은 한 번 움직일 때마다 최소한 오십여 장을 날아갔는데, 차라리 육지비행술이라고 부르는 게 나아 보였다. 그러면 하루 만에 대륙을 횡단하는 일도 충분히 가능할 듯했다.

잠시 후, 총관이 도착한 곳은 황산(黃山) 영봉(靈峰)의 정상이었다. 성구몽 장로도 뒤따라서 산 정상에 도착했는데, 거의 지친 기색이 없어 보였다. 성구몽 장로는 주변을 둘러보며 말했다.

"여긴 유극문에서 칠십 리나 떨어진 곳인데."

"여기가 제일 조용하다오."

총관 유륵은 웃었다. 그 웃음에는 일체의 사기나 잡념
이 없었다. 하지만 성구몽 장로는 눈앞에 있는 신룡전 총
관이야말로 지상최강(地上最强)의 고수라는 사실을 알고
있었다. 그는 함부로 긴장을 풀지 못하고 딱딱하게 굳은
채 말했다.

"총관, 내가 금제를 깬 걸 징벌하러 오셨소이까?"

신룡전의 금제!

자식을 만들 수 없고, 제자도 만들 수 없다. 후인(後
人)을 양성하는 일을 금지하는 금제를 정면으로 위반한
게 태오였다. 유극문의 삼장로는 유일하게 신룡전 연옥에
서 탈출한 존재들이었고, 그때 총관과 교섭해서 금제를
얻는 대신에 자유를 얻은 것이다.

총관이 고개를 저었다.

"그럴 리가요. 그때 금제를 걸었던 건 계획이 틀어지
는 걸 막기 위해서였습니다. 우연의 일치일까, 태오는 금
제가 의미가 없는 존재라서 지금까지 놔뒀습니다."

"의미가 없다니……?"

"태오는 영왕수(靈王獸)니까요."

부릅.

성구몽 장로는 믿을 수 없는 말을 듣자 눈이 충혈되었다. 전혀 생각조차 하고 있지 않던 일이라서 충격은 더욱 컸다. 차라리 이 자리에서 총관이 죽이겠다고 덤볐다면 납득했겠지만, 그게 아니었다.

"그, 그렇다면, 그 상식을 초월한 성취는⋯⋯."

"영왕수니까 당연한 일이지요. 그렇지 않고서야 어떤 인간이 호살 멸겁윤회를 한 식경 만에 터득할 수 있겠습니까?"

"으음."

"전 태오의 정체를 알아챈 순간부터 차라리 잘되었다고 생각했습니다. 아버지의 뜻대로 실천할 기회가 왔으니까요."

"⋯⋯."

총관의 말대로라면, 그는 태오를 만난 순간부터 영왕수라는 걸 알고 있었다는 셈이다. 성구몽 장로에게 징벌을 내릴 이유가 없었다. 신룡전, 아니, 검성전 자체가 영왕수를 염두에 두고 만들어진 장치였기 때문이다.

'결국 나는 끝까지 이용당하고 있던 거였나?'

성구몽 장로는 허탈감 때문에 몸을 부르르 떨었다. 신룡전 총관 유륵은 가볍게 웃었다.

"화내실 필요 없습니다. 영왕수는 스스로 본색을 드러

낼 때까지 누구도 그 정체를 알아차릴 수 없습니다. 도리어 이번이 특이한 경우지요. 보통은 심산유곡에서 경지에 오를 때까지 절대 세상에 나오지 않으니까요."

"그 말씀은?"

"탈혼경의 지배자, 환룡에게 이변이 생겼다는 것입니다. 그 이변이 뭔지 알아내야 탈혼경을 완전히 소멸시킬 수 있습니다."

"탈혼경이란 건 태오가 보던 무협 소설이 아닙니까?"

"무협 소설이 맞긴 합니다만……."

이어진 총관의 말에 성구몽 장로가 경악했다.

"이 세계를 무대로, 쓰여지는 대로 세계가 변화하는 책이지요. 가히 마물(魔物)입니다."

"그, 그런!!"

"됐습니다. 이제 화살은 시위를 떠났습니다."

성구몽 장로는 혼란스러운 머릿속을 정리했다. 사랑하는 제자가 알고 보니 역사적인 대마물인 영왕수였다니! 그리고 신룡전 총관은 그걸 아니까 일부러 놔두고 있었다니! 그렇다면 이제부터는 성구몽 장로가 해야 할 일이 완전히 달라지는 것이다.

신룡전 총관이 말했다.

"다시 거래를 하지요. 이번에 제가 걸 것은 그대들의

완전 자유와 신룡전의 완전 해방입니다."

"헉!! 정말입니까?!"

성구몽 장로는 깜짝 놀랐다.

완전 자유와 완전 해방! 신룡전에 스스로 끌려 들어가서 괴물이 되거나 죽거나 미쳐 버린 고수의 숫자는 매우 많았다. 그들 중 대부분이 신룡전에서 노예처럼 지내고 있으며 노리개로 전락했다. 성구몽 장로는 탈출해서 자유를 얻었지만, 남겨진 동료들에게는 언제나 미안함을 지니고 있었다.

'과연.'

이 정도의 조건을 내걸 줄은 몰랐던지라 성구몽 장로의 눈이 가늘어졌다. 대체 어떤 제안을 할지 감도 잡히지 않았기 때문이다. 그러나 이어진 제안에 성구몽 장로는 납득했다.

"임무를 내리겠습니다. 신룡전의 모든 것을 지원해 줄 것이고, 동창과 금의위도 그대의 편이 될 것입니다. 그대는 오늘부터 강호에 원래의 신분으로 복귀해도 됩니다. 대신에 태오를 잡아서 신룡전으로 데리고 오십시오."

"기한은?"

"딱히 없습니다. 원한다면 그대의 의형제들을 동행해도 좋습니다."

"좋소."

성구몽 장로는 거래를 받아들였다. 너무나 조건이 좋아서 거절할 수가 없던 것이다.

그는 마음속으로 결심했다.

'그래, 처음부터 괴물이었다면 상관없는 일이다. 하다 못해 스승인 내 손으로 네 생사를 결정지어 주마, 태오.'

정(情)을 끊는 건 간단한 일일 것이다.

왜냐하면 성구몽 장로야말로 명왕(冥王), 흉신악살 이래로 일백 년 내 최강 최악의 마두(魔頭)라 불리는 마왕(魔王)이었으니까.

〈『검성전』제5권에서 계속〉

1판 1쇄 찍음 2013년 11월 13일
1판 1쇄 펴냄 2013년 11월 18일

지은이 | 환 유
펴낸이 | 정 필
펴낸곳 | 도서출판 뿔미디어

편집장 | 이재권
기획 · 편집 | 문정흠
편집디자인 | 이진선

출판등록 | 2002년 9월 11일 (제1081-1-132호)
주소 | 부천시 원미구 상동로 117번길 49(상동) 503호 (우)420-861
전화 | 032)651-6513 / 팩스 032)651-6094
E-mail | bbulmedia@hanmail.net

값 8,000원

ISBN 978-89-6775-938-4 04810
ISBN 978-89-6775-391-7 04810 (세트)

http://www.bbulmedia.com